빈티지 스타일리스트 로미의

특별한 옷장

빈티지 스타일리스트 로미의

특별한 옷장

이유미 지음

앨리스

무료한 일상의 박카스,
빈티지

한 달도 채 안 되어 유행이 바뀌고, 그 유행을 '빨리빨리' 따라가야 하고……
그래서 한 번 입고 나면 쓸모없어지는 옷이나 물건들.
이런 것들이 당신의 옷장이나 책장을 가득 채우고 있지는 않나요?

조금만 천천히…… 조금만 천천히…….

가만히 눈을 감고 어린 시절을 떠올려봐요. 손때 묻어 낡았지만, 나만의 특별한 추억
을 담고 있어 매일 만지작거리던 인형이나 베개, 특별히 아끼던 옷이 하나쯤 있지 않
았나요?

라이너스의 담요 같은…….
라이너스는 스누피로 유명한 만화 『피너츠』에 나오는, 어릴
때부터 쓰던 담요를 항상 들고 다니는 귀여운 아이지요.
라이너스에게 담요는 물건 그 이상의 존재였어요. 태어
날 때부터 세상으로부터 자신을 보호해준, 그 누구보다
든든한 친구였던 거죠.
아마 당신에게도 있을 거예요.

2~30년이 훌쩍 지난 지금까지도
마음 한구석에 크게 자리 잡고 있는 소중한 물건.

물건 그 이상의 존재가 된 것들 말이에요.

저에게는 여섯 살 때 아빠에게 선물받은 원숭이 인형이 그것이었어요. 배를 누르면 "때끼리지, 때끼리지 지금 생각해보면 'Take it easy, Take it easy' 였던 것 같아요" 하며 우스꽝스러운 소리를 내던 인형. 우리는 언제나 함께 했어요. 밥을 먹을 때도 웬만하면 그 누구에게도 양보하지 않는, 그 좋아하는 분홍색 소시지 반찬을 나눠주기까지 했죠, 놀이터에서 놀 때도, 잠을 잘 때도, 심지어 목욕을 할 때도 말이에요. 윤기나던 흰색 털이 회색빛이 되고, 옷이 너덜너덜해져도 상관없었어요. 새 인형을 한 트럭 준다 해도 절대 바꿀 수 없는 제 소중한 친구였으니까요. 게다가 실밥이 타지거나 팔이 떨어지는 등 어딘가 고장이라도 나면 엄마가 언제나 훌륭한 솜씨로 말끔하게 고쳐주셨거든요.

'빈티지'가 바로 그런 존재예요. 빈티지에는 오랜 세월을 지나면서 갖게 된 저마다의 사연과 이름 모를 누군가의 인생이 담겨 있어요. 그래서 빈티지는 소중한 기운이 묻어나는 생명력 있는 존재처럼 느껴져요.

저는 운 좋게도 외할머니와 엄마의 옷들을 그대로 물려받았고, 가끔씩 외할머니와 엄마의 옷을 매치해 입고 거리를 활보하곤 합니다. 외할머니의 청춘이 담겨 있는 허리가 잘록 들어간 원피스와 엄마의 처녀 시절의 기억을 고스란히 간직한 하얀 리본 블라우스를 내가 성인이 되어 입는다고 생각해보세요.

어때요? 상상만으로도 재미있지 않나요?

이렇듯 빈티지는 여느 스타일에서는 경험할 수 없는 시대를 역류하는 짜릿함, 내 마음대로 매치하여 새롭게 창조하는 재미가 있을 뿐만 아니라, 오래된 물건이 주는 편안함과 친숙함이 있습니다. 그래서 빈티지는 하나하나 알아간다는 것만으로도 마음이 풍요로워지고, 더 나아가 무료하고 지루한 일상에 박카스 같은 활력을 준답니다.

이 책을 준비하면서 작은 소망이 있다면……

빈티지에 대해 편견을 갖고 있거나 관심 조차 없었던 당신에게 빈티지에 대한 약간의 '관심'이라도 불러일으킬 수 있다면 정말 행복할 것 같습니다.

그리고 빈티지를 통해 쳇바퀴처럼 돌아가는 평범한 일상 속에서 보물찾기하듯 소소한 행복을 찾아내길 바랍니다.

contents

부록 로미의 리폼 노하우

Styling #1

빈티지 걸 로미의
프린세스 다이어리
Vintage Girl Romi's Princess Diary

시간을 달리는 소녀

10년도 넘은 이야기다.

열일곱의 나는 남들과 다른 멋진 여자가 되길 갈망하는 독특한 캐릭터의 소녀였다.

획일화된 교복을 입던 그 시절,

소풍날은 입시에 짓눌린 여학생들에게

'마음껏 자유로운 공기를 맛볼 수 있는 기회' 라는

다소 낭만적인 의미보다는 '공식적으로 사복을 허락하는 날'에 더 가까웠다.

이 날이 다가오면 소위 옷 좀 입는다 하는 아이들은

가장 핫한 스타일 정보를 수집, 각자만의 쇼핑 리스트를 작성했다.

나 역시 그날을 기다리는 평범한 여학생이었지만,

쇼핑 장소만큼은 남달랐다.

내 쇼핑 아지트는 핫한 스타일이 즐비한 동대문 시장이 아니라,

진귀한 보물들로 가득한 황학동 벼룩시장 쪽이었다.

나와 같은 취향의 친구는 그곳에서
고급스러운 가죽재킷(그녀는 이 재킷을 지금까지 입고 다닌다!)을
단돈 4만 원에 건졌다며 폴짝폴짝 뛰기도 했고,
나는 하이웨이스트 팬츠와 스카프, 그리고 오랜 세월을 먹어
반지르르하게 길이 잘 든 통가죽 미니 숄더백을 고르며 즐거워했다.
지금 돌아보면 나는 쇼핑을 할 때도
매장에서 가장 좋은 자리에 걸려 있는 가장 잘나간다는 옷들에는
흥미가 없었던 것 같다. 요즘도 그렇지만 10년 전에는
지금보다 훨씬 더 최신 트렌드에 민감했고,
하나가 유행하면 너도 나도 똑같은 스타일을 한 사람들이
물밀듯이 쏟아져 나왔다. 당시 트렌드를 잘 소화한 사람들을 보면
아이러니하게도 유니크하다는 느낌보다는
이 세상에 자신이 얼마나 평범한 사람인지를 알리려는 것처럼 보였다.
유별난 취향을 가진 여자 아이였던 나는
매장 언니가 침을 튀기며 강추하는 핫한 아이템이나
유명 여자 배우가 드라마에 입고 나와 화제가 된

'김XX 스타일' '최XX 스타일' 에는 강한 거부감을 보이곤 했다.

예쁜 것도 중요하지만,
오롯이 나이고 싶은 마음이 더 컸던 것 같다.
열일곱의 여학생이라면 누구나 고민했을
'나'의 정체성을 스타일에서 찾아
드러내고 싶었던 게 아닐까 하는 생각이 든다.

한 시절의 트렌드는 그 시대와 함께 사라져
추억의 앨범 속에 박제되어 버렸지만,
나의 정체성과도 같은 빈티지 스타일은
시간과 함께 조금씩 자라나,
살아 움직이는 현재가 되었다.

빈티지는 내 미래를 엿보는 청사진이기도 하다.
동그란 컬이 귀여운 은빛 단발머리에
하늘거리는 블랙 리본이 달린 밀짚모자를 쓰고,
30년도 넘게 함께 한 블랙 클러치백을 단촐하게 옆에 끼고,
시폰 드레스를 살랑거리며,
벚꽃이 흩날리는 봄길을
사박사박 산책하는 로맨틱한 할머니의 모습이 바로 그것이다.
젊은 시절 함께 했던 액세서리들을 바라보며,
이제는 그만 보내주어야 할 때가 되었다고
서글퍼할 일은 없을 것 같다. 시간이 흐를수록 더 깊은 향기를 낼 줄 아는
빈티지는 내게
가장 든든한 노후 자금이다.

모던 걸의 옷장을 물려받다

엄마의 화장대와
옷장 속은 옛날 물건들로 가득했다.
엄마는 신상품에 워낙 관심이 없어 잘 사지도 않았지만,
물건을 못 버리는 분이기도 했다.
사실 엄마의 옷장에 있는 옷들은
대부분 외할머니의 것이었다.
외할머니는 옷 욕심이 많은,
마을에서 유명한 멋쟁이셨다고 한다.
산부인과 의사였던 외할머니는 월급의 대부분을
본인의 스타일에 과감히 투자하셨고, 그 결과
옷장은 항상 새 옷으로 넘쳐났고
구두만도 수십 켤레였단다.

나의 외할머니는 일본인이다.

일본 유학생이었던 외할아버지가
외할머니에게 한눈에 반해 청혼했다는데,

당시 일본 여자와 조선 남자의 결혼이

얼마나 고난스러웠을지 짐작이 간다.

그럼에도 불구하고, 두 분이 결혼하신 걸 보면

외할머니가 얼마나 매력적이었면 그랬을까 하는 생각이 든다.

외할아버지는 그런 멋쟁이를 쉽게 포기할 수 없었을 것이다.

외할머니는 옷을 좋아하는 분이었고,

엄마는 물건을 좀처럼 버리지 않는 분이었으니,

그 덕에 나는 일본 멋쟁이 모던 걸의 장롱을

통째로 선물받게 된 것이다.

그래서 다른 집에서는 볼 수 없는

옛 스타일의 매력을

일찌감치 알게 된 것 같다.

외할머니가 쓰던 60년 전 브로치!!

Change Your Mind
로미의 스타일 럭키세븐

"아무나 패셔니스타가 되나?" 대부분의 사람들은 날씬하거나 그때그때 구색에 맞춰 옷을 살 수 있을 정도로 경제력이 좋아야 패셔니스타가 될 수 있다고 생각한다. 나는 이 말에 절대적으로 반기를 든다. 경제적 능력이나 잘빠진 몸매보다 먼저 갖춰야 할 것이 있다. 그것은 바로 자신을 사랑해야 한다는 것. 현재의 패셔니스타들이 날 때부터 그랬던 것은 아니다. 탁월한 패션 감각은 자신을 사랑하면서 얻어진 피나는 노력의 결과물이다. 자신을 사랑하면 자연히 스스로를 가꾸게 되고 그런 관심과 노력으로 인해 몸도 날씬해질 수 있기 때문이다. 옷 살 돈이 없다고? 조금만 발품을 팔면 된다. 날씬해야 한다고? 자신만의 개성을 찾아 끊임없이 자신을 가꾸자. 패셔니스타로 발돋움하기 위해서는 먼저 당신의 마인드부터 바꿔야 한다.

1 나만의 캐릭터를 찾아라

나이와 성별을 막론하고 자기 색이 분명한 사람에게 강한 호감을 느끼게 된다. 요즘은 어디에서나 무난하게 잘 어울리는 평범한 사람보다 독특한 캐릭터로 자신의 존재감을 확실하게 보여주는 사람들이 더 매력적이다.

예전에는 그저 인형처럼 예쁘거나 조각처럼 잘생긴 연예인들이 인기를 누렸다면, 지금은 개성 있는 연예인들의 전성시대이다. 다소곳하고 참한 여성상과는 거

리가 한참 먼 까칠한 서인영이 '요즘은 내가 대세'라고 하지 않는가. 그녀의 말에 진심으로 고개를 끄덕이게 된다. 하고 싶은 말을 자기 스타일대로 다 하는 그녀가 무섭기보다 털털하게 느껴지는 이유는 그녀가 자신의 개성을 확실히 캐릭터화했기 때문이다. 이것은 개그맨 정형돈이 본인의 어색한 모습을 캐릭터화한 것과 같은 이치다.

　연예인에만 국한된 얘기가 아니다. 일반인도 확실한 자기 캐릭터를 가져야 타인에게 어필할 수 있다. 다른 사람은 당신을 어떤 사람으로 기억할까? 만약 당신이 뛰어난 패션 감각을 갖고 있음에도 불구하고 스타일리시한 여성이 아닌 그저 옷 좀 잘 입는 여자로 기억되고 있다면? 그렇다면 그것은 당신이 누구나 공감하는 감각만 있을 뿐 자신만의 캐릭터가 없다는 것, 즉 겉만 번지르르한 속빈 강정일 가능성이 높다는 것이다. 스타일은 단순히 패션이 아니라, 자기 자신이다. 나만의 캐릭터를 만들고 이를 십분 활용해야 비로소 완벽한 스타일이 완성된다.

　자, 그렇다면 나만의 캐릭터는 어떻게 만들어야 할까? 우선은 나를 상징하는

'무언가'를 찾아야 한다. 어렵게 생각할 필요는 없다. 그저 내가 가장 좋아하는 것, 내게 즐거움을 주는 것이 무엇인지를 생각하면 된다.

내게는 캐릭터가 확실한 두 명의 친구가 있었다. 한 친구는 어린 시절부터 향수를 무척 좋아해서 그녀의 방을 가보면 커다란 진열장이 향수로 가득했다. 그런 그녀의 도드라지는 취향은 깊게 각인되었고, 나는 해외출장에서 돌아오는 길이면 따로 부탁하지 않아도 그녀를 위해 미니어처 향수병을 챙기곤 한다. 그리고 또 한 친구는 오리 마니아. 그림을 그리는 이 친구는 핸드폰을 비롯해 자신의 소품 곳곳에 직접 그려 만든 오리 스티커를 붙이는 그야말로 '오리소녀'였다. 나는 '오리'를 보면 자동적으로 그녀를 떠올린다. 길을 걷다 우연히 '오리' 캐릭터 상품을 발견하면 관심을 기울이게 되고 가격이 너무 비싸지 않으면 업어오곤 한다.

이처럼 자신의 캐릭터를 타인에게 각인시키는 데 상징물을 갖는 일만한 것이 없다. 생각해보자. 헤어진 사람이 떠오르는 순간도 '그가 좋아했던 무언가'를 볼 때가 아니던가.

2 나의 단점을 알고 사랑하자

패션은 나를 표현하는 데 있어서 가장 강력한 방법이다. 유행 스타일이나 연예인의 스타일을 절대로 따라하지 말자. 그건 그녀들의 스타일이지 나의 스타일이 아니다. 그렇다고 스타일을 내 취향대로만 연출할 수도 없는 노릇이다. 내가 좋아하는 것과 잘 어울리는 것이 다를 수 있기 때문이다. 그래서 '내 체형의 장단점, 나에게 어울리는 컬러와 디자인, 표현 가능한 느낌의 한계점' 등을 꼼꼼하게 살펴야 한다.

물론 여기서 가장 중요한 건 자신감. 스타일을 살리는 데 있어서, 자신감은 몇 번을 강조해도 지나치지 않을 만큼 중요하다. 아무리 비싸고 예쁜 옷을 입는다 해

도 자신감이 없다면 그 옷들은 결코 돋보이지 않는다.

자신감은 장점이 많은 사람들의 소유물이 아니다. 단점까지 사랑하는 마음에서 나온다. 사실 단점은 세심한 주의와 칭찬이 필요한 삐친 아이와 같다. 사랑하고 보듬고 존재를 인정해줘야 비뚤어지지 않는다. 두꺼운 허벅지가 보기 싫다면 이렇게 달래보자.

"비욘세만큼 섹시한 내 허벅지, 오늘도 안녕해?"

3 매일 한 번씩 거울을 보며 웃어라

미소가 예쁜 사람은 뛰어난 미인보다 더 돋보인다. 타인의 웃는 모습에 마음이 설레여본 경험이 있을 것이다. 완벽한 이목구비와 몸매를 가진 사람들은 많아도, 예쁜 미소를 가진 사람은 흔치 않다. 그래서 그런지 의외로 웃는 모습에 자신 없어하는 사람들이 많다.

10년 전의 나 역시 웃는 모습이 가장 자신 없었다. 늘 건강해보이던 엄마가 갑자기 암 진단을 받으셨고, 그 일은 내게 큰 충격이었다. 당시엔 고등학생이었기 때문에 입원한 엄마를 옆에서 지키는 일이며, 대수술을 혼자 감당해야 하는 일이 쉽지 않았다. 게다가 어제까지만 해도 '하하'거리며 즐겁게 이야기를 나누던 이웃을 하루아침에 잃게 되는 일이 허다했던 병원에서 하루하루를 보낸다는 것은 괴로움 그 자체였다. 그래서 그랬을까? 나의 표정은 언제나 어두웠고, 웃는 것이 그저 어색한 일로만 느껴졌다.

패스트푸드점에서 파트타임 아르바이트를 할 때였다.
매니저가 계산대에 나를 배치하면서 "이 자리는 웃는 얼
굴이 가장 중요해"라고 조언했다. 나는 뭐든 열심히 해
야 한다는 생각에 거울 앞에서 매일 웃는 연습을 했다.
처음엔 못 봐줄 정도로 어색했다. 썩소도 이런 썩소가

없었다. 눈은 그대로인데, 입만 억지로 U자를 만들고 있었으니 말이다. 나는 시간
이 날 때마다 거울을 보고 웃고 또 웃었다.

어느 정도 시간이 지나자 웃는 것이 자연스러워졌다. 동시에 어색한 표정이 부
끄러워 사람의 시선을 피하는 습관도 자연스럽게 사라졌다. 당당히 사람을 쳐다보
고 활짝 웃는 내가 된 것이다.

요즘은 사람들로부터 "어쩜 그렇게 웃는 모습이 예쁘세요?"라는 말을 제법 듣
는다. 아마 그들은 나의 자연스러운 웃음이 부단한 노력의 결실이라는 걸 모를 것
이다.

여유 있고 밝은 미소는 상대에게 부드럽게 자신을 어필할 수 있는 요소이다. 웃
을 때 덧니가 보이고, 주름 좀 지면 어떤가. 백 벌의 옷보다 미소 한 번이 당신을
더 당당하게 만들어줄 텐데. 오늘부터 입꼬리 올리기 연습을 해보자. 이렇게 경제
적인 스타일링법이 또 있겠는가.

4 워스트를 두려워하지 마라

요즘 각종 매체에서 시상식이나 공식 석상에 연예인들이 입고 나온 드레스의 베스
트와 워스트를 뽑는 게 일반적이다. 나는 베스트와 워스트를 가리는 기준이 과연 무
엇인지 따져 묻고 싶을 정도로, 종종 워스트 드레서 패션이 마음에 들 때가 많다.

블랙 드레스를 근사하게 차려입은 여배우를 「안녕, 프란체스카」의 주인공 같다는 등 말도 안 되는 이유로 워스트 드레서로 뽑는가 하면, 개성 넘치는 룩을 선보이는 류승범 역시 종종 이 리스트에 오른다. 빈티지 드레스를 입은 여배우에게는 반응이 한결같다. 할머니 옷을 입고 나왔으니 워스트.

일본이나 유럽 등 개성 있는 패션 문화가 발달한 곳으로 여행을 가면 바로 느낄 수 있는 게 타인의 패션과 라이프스타일에 대한 관대함이다. 패션은 타인의 개성에서 창조적인 면을 발견하고 또 응용하면서 발전한다. 한 핸드폰 광고처럼 자기 이름을 붙인 룩을 만들어보자. 그게 누군가의 눈에는 워스트로 보일지라도 말이다. 남의 눈을 의식하면 할수록 나의 존재는 점점 작아진다.

5 움직이는 그녀들을 관찰하라

더 나은 스타일링을 연구할 때 책보다 좋은 것은 사진이고, 사진보다 좋은 것은 바로 거리를 걸어 다니는 '그녀들'이라는 게 나의 지론이다. 해외 출장이 잦은 나는 잠시 쉴 때, 사람들을 관찰할 수 있는 번화한 거리의 카페 테라스를 선택한다.

잘 모르는 사람들은 테라스에 앉아 한가한 오후를 즐기는 팔자 좋은 관광객으로 보겠지만, 내 눈과 손은 그 어느 때보다 바쁘게 움직인다. 도심지나 개성 있는 젊은이들이 많은 거리에서는 패션 잡지에서보다 더 생생한 스타일 리더들을 만날 수 있다. 해외뿐만 아니라 홍대 앞이나, 명동, 압구정 등도 스타일 스케치를 하기에 좋은 장소이다. 나는 어느 곳을 가든 꼭 스타일 다이어리를 챙겨 간다.

로미가 기억하는 '이런 아니잖아'
명동에서 우연히 마주친 그녀. 그야말로 명품을 온몸에 휘감고 있었다. 버버리 체크 블라우스에 비비안 웨스트우드의 타탄체크가 프린트된 벌룬 스커트, 루이비통 모노그램 숄더백, 그리고 페라가모 바라 플랫슈즈. 손에 들린 샤넬 쇼핑백은 이 부조화의 화룡정점이었다. 컬러라도 좀 맞춰 입지 그랬니. 너무 안타까워 한 번 더 보게 만들었다.

그리고 멋진 스타일 리더들의 모습을 스케치하고, 스타일 포인트를 적어둔다.

테라스에 앉아 '그녀들'을 관찰해보자. 그리고 컬러매치를 비롯한 다양한 스타일링을 배워보자. 그렇다고 해서 그녀들의 스타일을 100% 흡수하라는 것은 아니다. 잘된 스타일링과 미스매칭 포인트를 동시에 적어, 그것을 바탕으로 자기만의 스타일을 재창조하라는 거다.

6 주문폭주에 흔들리지 마라

홈쇼핑 쇼호스트들의 단골 멘트, "지금 주문이 폭주하고 있습니다, 남은 수량이 얼마 없어요, 서두르셔야 할 것 같아요!" 멘트가 시작되자마자 마음이 다급해진

다. '빨리, 빨리, 빨리……
저 상품 놓치면 어떡하
지?' 얼른 주문해야겠다는
생각과 품절될지도 모른다
는 불안감에 결국 전화기
를 들고 주문한다. 이때만
은 이 상품이 내게 꼭 필요
한 상품인지 아닌지 중요

하지 않다. 그저 얼른 주문을 해야 한다는 생각밖에 들지 않는다.

홈쇼핑뿐만이 아니다. 대형 쇼핑몰에는 판매 탑 100이라고 해서 인기순으로 품
목을 정리한 리스트가 있다. 온라인 의류 쇼핑몰도 예외 없이 인기 상품 밑에 '주
문폭주' 아이콘을 반짝반짝 달아놓고 우리를 유혹한다. 이런 아이콘이 있는 상품
은 왠지 더 좋아보인다. 원하지 않았던 아이템, 아니 관심도 없었던 아이템이 갑
자기 필요한 아이템이 되어버린다. 이런 심리다. '많은 사람들이 구입할 정도면
아무래도 예쁜 상품이겠지? 사자!' '많은 사람들이 인정한 사실이니 안심해도 되
겠지?'

반짝이는 주문폭주 아이콘은 길거리에 이 아이템을 입은 사람들로 폭주할 것이
라는 예언과 같다. 나는 온라인 쇼핑몰의 주문폭주 아이템은 되도록이면 피한다.
베이직 아이템이라면 상관없지만 화려한 프린트가 눈에 띄는 아이템이나 디자인
이 독특해서 한 번만 봐도 잊혀지지 않을 아이템이 길거리에 폭주할 거라 생각해
보라. 아찔해진다.

사실 예쁜 아이템이니 인기가 있을 수밖에 없고, 업체에서도 그 사실을 예감하
고 대량 들여왔을 것이다. 그렇다면 톡톡 튀면서도 예쁜 아이템은 영영 입을 수 없

는 것일까. 해결방법은 있다. 베이직 아이템은 시중에서 구입하되, 포인트 아이템은 국내에 미유통된 수입의류 숍이나 빈티지 숍에서 구매하는 것. 베이직한 아이템과 유니크한 빈티지 아이템을 믹스앤매치하면 똑같은 스타일을 한 누군가를 만나지 않을까 하는 두려움 없이 내가 원하는 스타일링을 완성할 수 있다.

7 작은 사이즈에 대한 집착을 버려

'44사이즈 열풍'은 많은 여성들의 가슴을 불태운다. 깡마른 모델을 퇴출시키겠다는 유럽 런웨이의 노력에도 불구하고 이 열풍은 식을 줄 모른다. 충분히 날씬한 55사이즈의 여성들도 44를 입겠다고 눈물 나는 다이어트를 하는 가운데, 이를 반증이라도 하듯 백화점 마네킹도 모두 44사이즈로 교체되었다고 한다. 발 빠른 인

터넷 상에는 벌써 44사이즈 전용 쇼
핑몰이 대거 등장했다.

내 주변에도 44에 집착하는 친구가
있는데, 곁에서 보기 안쓰럽다. 함께
쇼핑을 가면 그녀는 버릇처럼 일부러
한 치수 작은 옷을 고른다. 입지 못할
게 뻔한데 나중에 살을 빼서 입겠단
다. 말려도 소용이 없다.

옷만 두고 보면 작은 치수의 옷이
예뻐보이는 게 사실이다. 하지만 맞
지 않는 옷을 입은 내 모습을 떠올려
보라. 절망적이다. 상상하던 그 핏,
절대 나오지 않는다. 제 아무리 예쁜
옷이라 해도 작은 사이즈의 옷을 입은 모습은 그저 우스꽝스러울 뿐이다.

사실 44사이즈는 신장이 160센티미터가 넘지 않는 선천적으로 체구가 작고, 뼈
대가 얇은 여성들을 위한 치수였다. 요즘 패션 업계는 44를 선호하는 여성들 때문
에 55에 가까운 옷을 일부러 44로 만들어 매출을 올린다고 한다.

자신의 신체 사이즈보다 작은 옷을 입는다고 해서 결코 날씬해보이지 않는다.
오히려 실제의 몸보다 두 배는 뚱뚱해보인다. 옷은 내 몸에 맞게 입었을 때, 몸매
도 옷도 제 빛을 발휘하는 것이다. 66에 가까운 통통 55라면 55보다 차라리 66을
입는 편이 훨씬 날씬해보인다. 작은 사이즈에 집착하지 말자. 조금 여유 있게 입는
것이 더 스타일리시해보인다.

Styling #2

"Baby, take a Bow"

SHIRLEY
TEMPLE
JAMES DUNN
CLAIRE TREVOR
ALAN DINEHART

빈티지!
시작해볼까?
Let's Start Vintage

Why Vintage?

Vintage is hot and unique

....

#1 고가의 최신 유행 스타일을 공들여 입고 거리에 나섰다. 앗, 나와 똑같은 옷을 입은 사람 발견. 어색하게 스쳐지나간 그날 이후 다시는 그 옷을 입지 않는다.

Romi's Comment 똑같은 옷을 입은 사람과 마주친다 하더라도 누가 더 잘 소화했나 소리 없는 눈빛 경쟁을 통해 작은 승리를 맛볼 수도 있을 것이다. 그러나, 당신을 표현하기 위한 스타일로서는 실패. 유행하는 스타일에 희소성이 있을 리 없다. 그래서 빈티지다.

#2 학창 시절의 대부분을 교복과 함께 지냈다. 성인이 된 지금 입사 후에도 왕언니에게 이메일로 복장 단속받는다. 주말이 유일한 숨통인데, 옷 고르기가 쉽지 않다. 뭘 입어도 직장인 필이 난다.

Romi's Comment 혹시 주말용 옷 색깔도 정장과 같은 베이지와 모노톤 아닌가? 한 주에 하루만큼은 독창적인 예술 활동에 빠져보자. 무난한 모노톤 니트 대신 화려한 패턴이 가득한 블라우스를 골라보자. 주의할 점은 패턴마저 유행하는 스타일이라면 모노톤보다 못하다는 것. 다양한 시대에 유행했던 과감한 원색과 패턴을 찾아 빈티지 보물창고 안을 뒤져보는 건 어떨까.

#3 스타일리시하다는 이야기를 종종 듣는다. 18세기에 카라치올리 후작이 남긴 "15일된 옷은 이미 구식"이라는 말에 전적으로 동감한다. 명품 가방만 몇 개라는 식의 숙덕거림 따위는 무시할 수 있다. 하지만, 통장 사정만큼은 가볍게 넘길 수 없는 게 사실이다.

Romi's Comment 스타일리시해질수록 당신의 취향은 점점 높아져가고, 독창적인 디자인은 그만큼의 출혈을 요구할 것이다. 스타일과 취향이 좋은 당신, 이번 기회에 빈티지에 빠져보는 건 어떨까. 빈티지는 훌륭한 퀄리티와 패턴, 어디에서도 보기 힘든 독창적인 디자인을 자랑하면서도 가격이 매우 합리적이다. 백화점의 웬만한 코트 한 벌 값이면 온몸을 고급스러운 빈티지로 무장할 수 있다. 또한 몇 해가 지나도 유행에 민감하지 않은 것이 바로 빈티지이다. 그러니 버려질 가망성도 거의 없다. 이보다 더 경제적인 스타일이 또 있을까?

#4 버려진 옷이 썩어 완전히 소멸하는 데 걸리는 시간이 100년도 넘는단다. 그래서 에코 패션에 관심을 기울이게 되었다. 그러나 아직 에코 패션은 스타일이 충분히 완성되지 않아 아쉽다.

Romi's Comment 패스트 패션은 저렴한 자재를 통해, 낮은 가격에 많은 스타일을 빠르게 공급해왔다. 급격한 유행의 변화는 물론이고 한철이 지나면 입을 수 없을 정도로 후줄근해지기 때문에 버릴 수밖에 없다. 이에 반기를 든 것이 슬로 즉, 에코 패션이다. 그러나 아직은 스타일보다 유기농 소재 자체에 집중하는 시기인 것도 사실. 환경을 생각한다면 버리지 않는 것도 한 방법이다. 꼭 사야 한다면 빈티지를 선택해보자. 오래됨과 낡음으로 대변되는 독특한 빈티지 미학은 생태적 이상주의에까지 닿아 있다.

#5 옷을 못 입는 편은 아니지만, 그렇다고 잘 입는 것도 아니다. 언제나 평범하기만 한 나의 스타일에 귀걸이나 목걸이 등 작은 액세서리로 포인트를 주곤 하지만, 액세서리가 더 튀어 속상하다.

Romi's Comment 평범한 스타일을 탈피하기 위해 튀는 아이템을 선택한다면, 차라리 평범함이 나을 정도로 위험한 것이 바로 패션의 의외성이 갖는 이면이다. 하지만 빈티지에는 순화된 의외성이 있다. 이미 예전에 한 번 본 듯한 스타일이라 친숙하면서도, 지금은 결코 만날 수 없어 또 새로워보이는 스타일이 바로 빈티지이기 때문이다. 평범한 일상에 반짝이는 유머를 주고 싶다면, 빈티지를 만나보라. 부조화 속의 조화가 빈티지 룩의 명제 중 하나이다.

빈티지 스타일을 말한다!
빈티지란?

공장에서 대량으로 쏟아져나오는 지루한 트렌드에서 벗어날 수 있는 유일한 열쇠, 빈티지. 나만의 개성을 연출하는 즐거움은 물론, 세상에 단 하나뿐인 물건을 소유하는 기쁨과 옛 스타일의 따스함을 느낄 수 있는 완전 소중한 스타일 빈티지를 소개한다.

빈티지vintage라는 단어는 와인에서부터 시작되었다. 와인의 숙성기간이나 원료가 되는 포도의 수확 연도를 뜻하지만, 패션에서는 50년 정도 지난 '오래되어 가치가 있거나Old-but Goodies', '오래되어도 새로워보이는New-Old-Fashion' 스타일을 지칭한다.

일반적으로 빈티지는 재생 패션을 뜻하는 레트로Retro, 중고물품 전반을 의미하는 세컨드 핸드Second-hand, 고급스런 가치를 지닌 물건을 가리키는 앤티크antique와 구별하지 않고 사용하곤 한다.

다만 어느 정도의 범위 안에서는 다음과 같이 구별할 수 있다. 앤티크는 100년 정도 된 고급스러운 가치를 지닌 물건을 뜻한다. 이에 반해 세컨드 핸드는 시대에 상관없이 단지 누군가가 사용한 적이 있는 중고물품used 전반을 가리키는데, 감이 잘 오지 않는다면 외국에서 쉽게 볼 수 있는 리사이클 숍recycle shop이나 유스드 숍used shop, 우리나라의 '아름다운 가게'를 떠올리면 된다. 또 레트로는 과거의 특정한 스타일을 그대로 모방해 현대에 맞게 재해석하는 스타일의 한 경향을 말한다. 소녀시대가 「GEE」를 부를 때 입고 나온 비비드 컬러 스키니 데님이 여기에 해당한다.

여기서 '어? 소녀시대 그 스타일이 빈티지 아니었어?' 라고 반문하는 이가 있을 것이다. 그도 그럴 것이 레트로와 빈티지는 경계가 모호하다. 그래서 대부분의 사람들은 레트로와 빈티지를 동일선상의 스타일로 인식하고 레트로 스타일을 연출한다면서 빈티지 스타일의 옷을 입고, 빈티지 스타일로 연출한다면서 레트로 스타일의 옷을 입는다.

하지만 빈티지 스타일은 과거에 만들어진 옷을 현대에 재해석해 입는 재활용 패션 스타일이다. 즉 1980년대 스타일의 옷을 모방해서 만들어 입으면 레트로 룩, 1980년대에 만들어진 청바지를 입으면 빈티지 룩이라는 것이다. 물론 1980년대

청바지를 약간 리폼해 입는 것 역시 빈티지 룩이다.

　최근 레트로 열풍으로 빈티지가 대중화되면서 많은 이들이 빈티지 스타일로 연출하고 싶어한다. 하지만 많은 사람들이 빈티지 스타일을 연출하려면 많은 용기가 필요하다고 여긴다.

　'빈티지' 하면 사람들은 마니아들만의 독특한 스타일이라고 생각하고, 관심밖에 두는 경향이 있다. '빈티지'를 스타일 중 하나일 뿐이라고 이해한다면 그럴 수 있겠다. 하지만 빈티지는 감히 도전해볼 만한 가치가 있는 스타일이다. 일찍이 코코 샤넬은 말했다. "오래된 옷은 오래된 친구와도 같다." 이 말은 오랜 세월을 함께 한 친구는 거르고 걸러 엄선되어 남은 최고의 친구이며, 오래된 옷 역시 수많은 스타일의 옷 중에서 엄선된 최고의 옷이라는 것이다. 즉 유행이 지나 낡은 옷, 할머니가 되어버린 옷은 지금 유행하는 최신 스타일이 절대 따라갈 수 없는 '오랜 시간의 흐름 속에서 탄생한 최고의 스타일'이라는 것. 그런 의미에서 이 시대의 핫한 아이템은 걸음마도 떼지 못한 아기에 불과한 것이다.

　또한 몇몇 빈티지 물건 중에는 고가를 자랑하는 것도 있지만 웬만한 빈티지 아이템은 낡고 오래되었지만 차마 버리지 못한 것들이 대부분이다. 때문에 리폼이라는 손길을 거쳐야 비로소 빈티지 아이템으로 탄생하는 경우도 적지 않다. 오래되어 낡았다는 것은 바꿔 말하면 새로운 다른 것으로 재창조할 수 있는 여지가 있다는 말이다. '패션=사치'라는 등식에서 '패션=창조'라는 산뜻한 등식이 성립하는 것이다. 그러면서, 어디에도 없는 유일무이한 나만의 룩이 탄생한다. 희소가치가 있으면서 경제적인 빈티지 스타일. 이러니 어찌 완전 소중 스타일이라 부르지 않을 수 있겠는가.

상상해봐.
벚꽃이 흩날리듯 프린팅된
시폰 드레스를 살랑거리며,
동그랗게 말린 컬이 귀여운
은빛 단발머리에
하늘거리는 블랙 리본이 달린
밀짚모자를 쓰고,
30년도 넘은 손때 묻은
블랙 클러치백을 옆에 끼고,
봄길을 사박사박 산책하는 나를 말이야.

빈티지를 시작하다!
그녀들의 스타일을 카피하라

빈티지 스타일은 GOOD과 NG의 차이가 겨우 종이 한 장이다그것도 아주 얇은 종이. 약간만 치장해도 오버, 그래서 살짝 절제하면 노멀이 되기 쉽다. 빈티지 스타일이 결코 평범하지 않은, 남다른 감각을 필요로 하기 때문이다. 하지만 '남다른 감각'을 가지기란 결코 쉬운 일이 아니다. 그래서 빈티지 초보자에게 권하는 첫 번째 방식은 '카피copy.' 타인의 스타일을 꼼꼼하게 살펴 그들의 감각을 익힌다면 어렵지 않게 빈티지 스타일에 도전할 수 있을 것이다.

패션잡지 대신 엄마의 사진첩을 활용하라

나의 취미 중 하나는 엄마의 사진첩을 보는 것. 젊은 시절의 엄마를 만날 수 있다는 사실도 흐뭇하지만 빈티지 스타일을 매일 고민하는 나로서는 엄마의 사진첩이야말로 그 어떤 패션잡지보다 활용도가 높기 때문이다. 우리의 어머니들은 1960~70년대에 젊은 시절을 보내셨다. 고로 그때 사진에는 그 시절의 패션 스타일이 고스란히 남아 있다는 이야기. 나는 빈티지 스타일을 연출할 때나 벼룩시장에서 구입한 빈티지 소품이 언제 유행했던 것인지 살펴보기 위해 엄마의 사진첩을 열어보곤 한다. 설령 사진을 통해 엄마의 패션 감각을 읽을 수 없다 해도, 걱정할 필요는 없다. 단체 사진에서 한 명쯤은 멋쟁이가 있기 마련이니까 말이다.

대담한 아쿠아 판타롱 팬츠와 톤 다운된 네이비색 니트를 매치했다. 지루할 수 있는 매칭인데, 상의의 네크 라인과 소매 끝단에 박힌 진주가 포인트 액세서리가 되었다.

오른쪽에서 세 번째가 엄마이다. 뱀피 소재의 새빨간 메리제인 웨지힐 슈즈는 지금 신어도 정말 예쁠 것 같다. 사진 맨 앞에 앉은 여자분의 플로랄 프린팅 블라우스와 통가죽 가방도 몹시 탐나는 아이템.

빨간색 코트는 여간해서는 소화하기 힘들지만, 이 시절에는 색에 있어서 지금보다 훨씬 관대했던 것 같다. 지금까지 네이비 아니면 베이지색 코트만 고집했다면 생각을 전환해보자. 꼭 한번 도전해볼 만하지 않은가. 그리고 빨간색 코트를 사진 속 엄마처럼 수박색 슈즈와 매치시켜보자.

엄마의 사진 가운데 가장 좋아하는 것이다. 맨 왼쪽에 계신 분이 엄마. 젊은 여인들도, 뒤의 남자들도 한껏 멋을 냈다. 1970년대에는 남자들 사이에서 빨간 셔츠가 유행했다고 한다. 당시 빨간색은 춥고 배고픈 시절을 딛고 불꽃처럼 일어나자는 시대의 구호를 상징했다고 한다. 엄마의 베이지색 코트와 코트 밑으로 살짝 보이는 패턴 드레스, 그리고 가방과 신발까지 코트와 같은 계열의 빨간색을 매치해 훌륭하게 소화했다.

하얀 술이 달린 연보라색 블라우스에 브라운 숏 팬츠를 매치하고, 골드 웨지힐 슈즈로 여름 패션을 완성했다.

할리우드의 빈티지 열풍에 주목하라

현재 전세계가 주목하며 끊임없이 사랑받고 있는 빈티지 룩. 패셔니스타들의 '빈티지 사랑'은 상상 이상으로 뜨겁다. 섹시하고 관능적인 여배우의 대명사, 킴 베이싱어Kim Basinger는 소더비 경매로 빈티지 드레스를 구입하는 열광적인 빈티지 마니아. 시에나 밀러Sienna Miller, 올슨 자매Ashley&Mary Olsen, 케이트 모스Kate Moss 역시 빈티지 룩을 즐겨 입는 스타들이다. 또 니콜 키드먼Nicole Kidman, 우마 서먼Uma Thurman 등의 할리우드 스타들도 요즘은 너나할 것 없이 오스카 시상식 때 최신 명품 드레스 대신 빈티지 드레스를 유행처럼 입고 등장한다. 최고의 주가를 올리는 여배우들이 빈티지 룩을 선택하는 이유는 빈티지의 유일무이함 때문이다. One of a kind, 빈티지는 오직 하나뿐이다. 혹시라도 중요한 자리에 동료 여배우와 똑같은 명품 드레스를 입고 나가게 되지 않을까 걱정할 필요가 없는 것이다.

그뿐인가. 빈티지 드레스는 디자인의 독창성에 있어서 여느 명품 부럽지 않다. 남과 다르고 싶은 여배우들의 시선이 빈티지에 몰릴 수밖에 없는 것이다.

케이트 모스의 에스닉 스타일

케이트 모스를 빼고 빈티지를 논할 수 있을까? 페이즐리 패턴에 파란색 천이 과감하게 패치워크된 롱 드레스를 근사하게 소화했다.

시에나 밀러의 믹스앤매치

로맨틱한 레이스 드레스 아래 그레이 워싱 스키니 진, 그리고 보우 디테일의 앵클 부츠를 믹스앤매치했다. 따로 놓고 보면 전혀 어울릴 것 같지 않은 아이템들을 조화롭게 연출하는 게 빈티지의 매력이다. 처음 보면 고개를 갸웃거리게 하지만, 그것이 빈티지만의 유머러스함이다.

클로에 셰비니의 클래식 스타일

자칫 산만해보일 수 있는 빈티지 룩을 최소한의 색을 사용하여 클래식하게 소화했다. 다른 패션니스타들의 빈티지가 독특한 아이템을 한두 개 매치하는 정도라면, 그녀는 빈티지 패션의 여왕이라 할 수 있을 정도로 옷을 가장 빈티지하게 입는 모델이다. 부시시한 헤어스타일에 사이키델릭한 눈빛마저 빈티지하다.

사라 제시카 파커의 모던 스타일

사라 제시카 파커 역시 빈티지 마니아로 잘 알려져 있다. 하지만, 「섹스 앤 더 시티」에서 그녀가 선보인 빈티지 룩은 아이러니하게도 빈티지해보이지 않는다. 그녀는 빈티지 룩에서 화려한 패턴과 색감, 그리고 디자인의 에지만을 살려 명품과 매치하기 때문인데, 그녀는 빈티지를 가장 모던하게 재해석하는 스타라고 볼 수 있다.

아오이 유우의 레이어드 스타일

아오이 유우는 파스텔 색조의 로맨틱한 스타일의 옷들을 조화롭게 겹쳐 입는 레이어드의 공주이다. 그녀가 영화 「허니와 클로버」에서 입고 나온 1960년대 스타일의 청록색 멕시칸 드레스는 필자가 운영하는 숍에서 꼭 구해달라는 요청이 쇄도했을 정도로 인기를 끌기도 했다.

샤넬, 디올을 알아야 빈티지가 쉽다!
2080, 연대별 패션 트렌드

빈티지를 이해하려면 우선 빈티지 아이템으로 활용되는 과거의 패션 스타일을 짚어볼 필요가 있다. 현재의 빈티지 아이템인 1920년대~1980년대까지의 패션 스타일을 소개한다.

신비한 매력의 가르손느 스타일, 1920년대

제 1차 세계대전 이후 여성들은 남녀평등과 참정권 등을 요구하며 여성해방운동을 펼쳤고, 이를 계기로 여성들의 사회진출이 활발하게 이루어졌다. 허리 라인을 잘록하게 해 여성스러운 매력을 강조했던 기존의 옷들은 점차 남성복의 요소가 가미되면서 편안하면서도 활동성 있는 디자인으로 바뀌었다. 그 중 대표적인 스타일은 바로 보이시한 느낌의 실루엣과 여성스런 느낌이 함께하는 '가르손느 스타일Garçonne Style.' 직선적인 실루엣, 로우 웨이스트 스커트나 드레스, 늘어뜨린 진주목걸이, 짧은 보브 헤어스타일, 작은 종모양의 클로쉐 모자로 완성되는 가르손느 스타일은 당시 여성들의 로망 그 자체였다.

여성의 사회성을 강조한 밀리터리 룩, 1930년대

세계적인 경제대공황으로 실업자가 급격히 증가하면서 일터에 있던 여성들을 가정으로 되돌려 보내려는 사회적 분위기가 형성되었다. 여성들의 옷차림은 다시 비활동적이고 여성적으로 변모했다. 허리 라인이 제자리로 돌아오고 스커트의 길이가 전보다 길어지면서 몸에 꼭 맞는 롱 앤 슬림의 여성적인 실루엣이 유행했던 것. 이후 30년대 후반에는 제 2차 세계대전으로 인한 물자부족 등, 여러 가지 사회적인 악조건 속에서 각진 어깨, 견장, 짧은 스커트로 완성되는 '밀리터리 룩 Military Look'과 같은 실용적인 기능복이 유행했다.

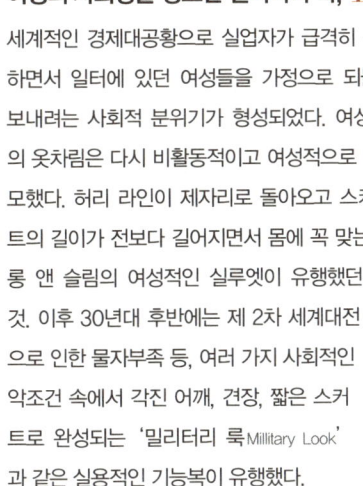

우아한 실루엣의 뉴 룩, 1940년대

1940년대 가장 눈여겨봐야 할 스타일, '뉴룩 New look.' 1947년 봄에 크리스천 디올이 발표한 이 새로운 룩은 잘록한 허리선을 강조하는 재킷, 둥근 어깨, 플리츠나 플레어 스커트 라인이 특징. 우아함을 한껏 표출하는 뉴 룩은 많은 여성들의 전폭적인 지지를 받아 크게 유행했다.

디올의 전성시대, 1950년대

1950년대는 크리스천 디올의 전성시대였다. 그는 한 시즌마다 2개의 라인을 발표하여 10여 년 동안 버티칼 라인, 오벌 라인, 튤립 라인, 마그넷 라인, 에펠탑 라인, 에이 라인 등 해마다 많은 실루엣을 선보였다. 또한 샤넬이 칼라를 달지 않은 트위드 소재를 사용한 실용적인 수트를 발표하기도 했는데 이 아이템은 지금까지도 샤넬의 대표적인 수트로 사랑받고 있다.

50년대 대표적인 패션 아이콘은 「로마의 휴일」의 '오드리 헵번'이다.

날씬한 다리를 강조하는 미니, 1960년대

1960년대는 미니가 출현해 선풍적인 인기를 모은 시기였다. 디자이너 메리 퀀트와 조안 위르가 자신들의 첫 컬렉션에서 선보인 미니 스커트는 보수성향이 강했던 당시에는 파격적인 이슈가 아닐 수 없었다. 짧은 머리에 가냘픈 몸매의 패션 모델 트위기가 등장하여 미니 드레스를 유행시키며 트위기 룩이 생겨났고, 1960년대 후반에는 패치워크, 수술 장식, 자수 장식이 달린 옷에 긴 생머리나 웨이브진 헤어스타일을 한 히피 룩이 주목받았다.

자유로운 영혼을 위한 개성시대, 1970년대

패션에 있어서 개성이 존중되던 시기다. 20~60년대의 스타일이 다시 유행하는 경향도 나타났으며 히피, 미니, 에스닉이 계속해서 유행하기도 했다. 미국 젊은이들을 중심으로 진 팬츠가 전세계적인 인기를 누리기도 했다. 이 시기에 가장 흥미롭게 눈여겨봐야 할 스타일은 영국의 로큰롤 그룹 무대의상에서 시작된 펑크 패션.

삭발이나 염색한 머리, 쇠사슬, 군화, 징이 박힌 팔찌 등으로 상징되는 당시의 펑크는 영국의 젊은 디자이너들에게 색다른 아이디어를 제공하기도 했는데 이에 영향을 받은 디자이너로는 영국의 비비안 웨스트우드와 말콤 맥렌이 있다.

섹시한 마돈나처럼, 1980년대

유행의 다각화 현상으로 남성적 의상, 클래식 의상, 민속적 의상 등 상반된 요소들이 동시에 등장했다. 1982년에는 헐렁하고 넉넉한 라인에 어깨쪽에 큰 패드를 넣은 빅 코트가 유행했다.

80년대 대표적인 아이콘은 마돈나. 당시 마돈나의 패션인 란제리 룩 속옷의 여러 가지 스타일에서 힌트를 얻은 옷차림으로 매우 얇은 소재를 사용하여 피부를 노출시키는 스타일은 과감하고 대담한 스타일로 크게 주목받았다.

1980년대는 특정한 형식과 스타일의 구애 없이 다문화, 다원주의적인 요소들이 공존하는 시대로서 패션에도 그 특징이 고스란히 반영되어 독특한 패션을 선보였다. 따라서 이전보다 훨씬 더 다양하며 다채로운 패션이 수용된 시대였다고 할 수 있다.

빈티지 룩 한가득 영화

미스 페티그루의 어느 특별한 하루
Miss Pettigrew Lives For A Day, 2008

1930년대 화려하고 호화로운 런던 사교계의 패션과 문화를 한눈에 볼 수 있다. 여성들의 엘레강스한 웨이브 헤어스타일과 우아하고 클래식한 당시의 룩을 제대로 느낄 수 있는 영화.

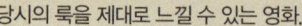

오만과 편견 Pride & Prejudice, 2005

18세기 영국의 시골마을의 풍광이 그림처럼 펼쳐지는 영화. '베넷가(家)'의 다섯 자매 중 둘째인 엘리자베스 역을 맡은 키이라 나이틀리가 가슴 밑에서부터 퍼지는 낭만적인 엠파이어 드레스를 입고 푸른 초원 위를 걷는 모습을 보고 있노라면, 저 시절에 다시 태어나고 싶다는 생각이 들 정도로 아름답다.

몽상가들 The Dreamers, 2003

1968년 혁명의 기운이 만연한 파리를 배경
으로 세 명의 청춘이 복잡한 심리게임을 벌
이는 영화로, 우리는 영화 속 모즈 룩과 히
피 룩을 눈여겨보도록 하자.

허니와 클로버 ハチミツとクローバ, 2006

영화 속 아오이 유우의 빈티지 믹스앤매치와 레이어드 룩을 마음껏 만끽
할 수 있는 영화. 유우의 빈티지 룩을 본 후 빈티지에 매력을 느끼고 관심
을 갖기 시작한 여성들이 많이 늘어났다.

우리나라에서도
화제가 된 60년대
멕시칸 빈티지
드레스

섹스 앤 더 시티 Sex And The City, 2008

사라 제시카 파커를 빼고 빈티지를 논할 수 있을까? 명품과 빈티지를 오 가는 그녀의 다양한 패션 스타일이 넘치도록 등장한다.

친절한 금자씨, 2005

친절한 금자씨의 빈티지 패션은 개봉 당시 선풍적인 인기를 끌었다. 붉은 아이 섀도우, 얼굴을 반쯤 덮는 빅 선글라스, 70년대 빠지면 안 될 물방울 무늬 드레 스까지! 특히 그녀가 영화에 입고 나온 물방울 드레스는 경매에 붙여지기도 했 는데 5만 원을 시작가로 60여 명이 치열하게 경쟁한 끝에 80만 9000원에 낙 찰됐다고 한다.

화양연화 花樣年華, 2000

왕가위 감독 특유의 감각적인 영상이 돋보이는 1960년대 를 배경으로 한 영화. 동양적인 향취가 물씬 풍긴다. 특히 장만옥의 치명적일 만큼 아름다운 몸매와 그녀의 실루엣 을 그대로 드러내주는 중국 전통 복식인 치파오 드레스는 영화가 끝난 후에도 오래도록 기억에 남는다.

모던 보이, 2008

1930년대 서울이 배경인 이 영화는 시대의 특성에 맞게 모던 룩을 갖춰 입은 배우 박해일과 김혜수의 모습이 일품이다. 특히 김혜수, 그녀가 입은 럭셔리 모던 룩은 그야말로 값진 볼거리이다.

로마의 휴일 Roman Holiday, 1953

영원한 패션 아이콘 오드리 헵번의 대표작인 「로마의 휴일」. 가는 허리 라인과 풍성한 플레어 스커트, 경쾌한 숏 헤어를 한 그녀는 실로 아름다웠다. 그녀의 이 스타일은 헵번 스타일로 불리며 50년대 전세계 여성들의 사랑을 한몸에 받았다.

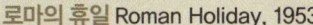

팩토리 걸 Factory Girl, 2006

1960년대 패션 아이콘인 에디 세즈윅과 그녀를 스타로 만든 앤디 워홀의 이야기. 60년대 대중문화 아이콘으로 사랑받았던 에디 세즈윅 역은 할리우드 패셔니스타로 유명한 시에나 밀러가 맡았다. 보이시한 헤어스타일, 검은 아이라인, 큼직한 이어링에 짧은 스커트를 입은 60년대 잇걸, 에디 세즈윅의 모습을 눈여겨보자.

체인질링 Changeling, 2008

주인공 크리스틴 안젤리나 졸리이 9살 난 아들을 잃어버리면서 사건이 발생한다. 부패한 LA 경찰들과 홀로 싸웠던 싱글맘의 실화를 바탕으로 한 영화. 1928년부터 1938년까지 10년 동안 유행했던 스타일을 살펴볼 수 있다. 허리 라인을 강조하지 않는 드롭트 웨이스트 라인의 옷과 비대칭형 클로슈 모자 그리고 레드 립스틱을 근사하게 소화한 졸리의 모습을 보면 '역시 졸리' 라는 탄성이 절로 나온다.

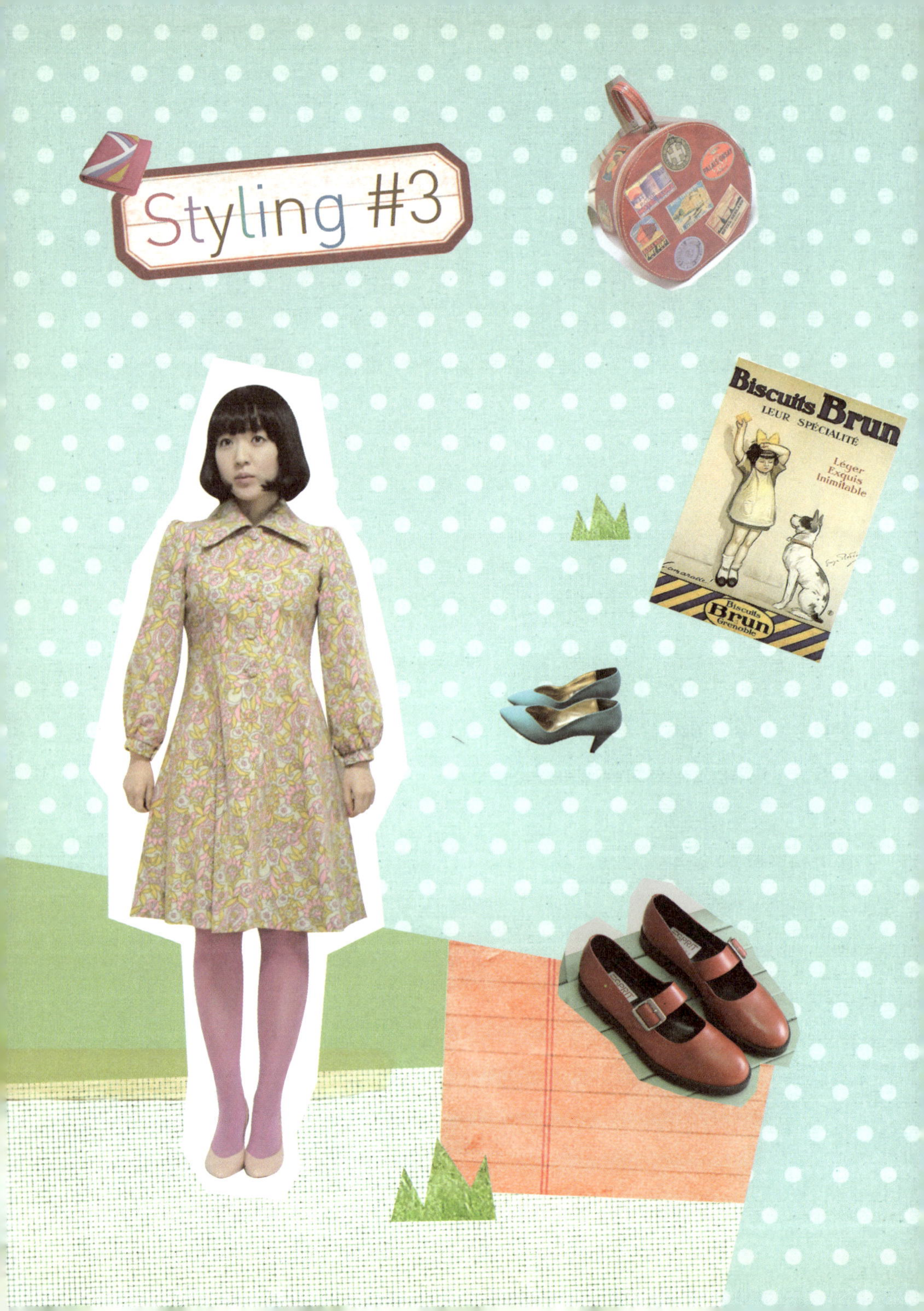
Styling #3
Biscuits Brun
LEUR SPÉCIALITÉ
Léger
Exquis
Inimitable
Biscuits
Brun
Grenoble
ESPRIT

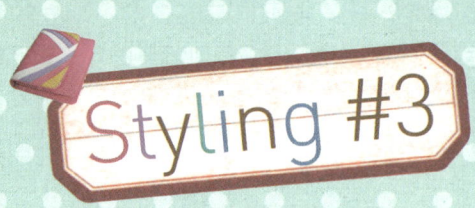

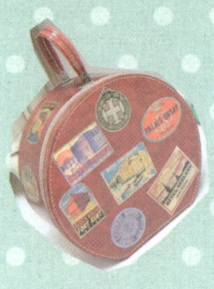

나만의 특별한
옷장 만들기

Vintage Dress Room

1741

Girl

Size 8

40¢

Simplicity PRINTED Pattern

DETAILS PRINTED ON EACH PATTERN PIECE

2

2

1

이것만은 갖춰라!
머스트 해브 베이직 아이템

빈티지는 디자인이 독특하고 색감도 풍부하며, 패턴이 화려한 스타일이 많다. 그래서 처음 빈티지 룩을 시도하려는 사람은 "내가 과연 소화할 수 있을까"를 두고 고민을 많이 한다.

처음 빈티지 룩을 시도할 때에는 머리부터 발끝까지 빈티지 제품으로 무장하려 하지 말고 원래 입던 옷에 빈티지 아이템을 하나씩 첨가하는 게 좋다. 가령 원래 입던 옷차림에 빈티지 슈즈를 신어 포인트를 준다거나, 원래 입던 진 팬츠 위에 빈티지 져지 블라우스를 입는다거나, 작은 이어링이나 브로치 등을 추가하는 식으로 빈티지 룩을 시작하면 결코 어렵지 않을 것이다. 그렇게 빈티지로 믹스앤매치하다 보면 어느새 나도 모르는 사이 빈티지 고수가 되어 있을 것이다.

나는 컬러풀하거나 디자인이 독특한 옷들을 무척 즐겨 입는 편이라, 주변 사람들에게서 항상 이런 이야기를 듣는다. "넌 이런 옷을 어떻게 다 소화해?" "가끔 사고 싶긴 한데 어떻게 입어야 할지 도대체 모르겠어." "이런 옷을 입고 밖에 나가기는 두렵지."

대부분의 사람들은 '특이하게 옷 잘 입는 법'이 따로 있다고 생각하는 경향이 있다. 하지만 나의 대답은 언제나 한결같다. 기본 아이템을 갖추고, 그 위에 화려하거나 튀는 아이템을 매치해보라고. 잘 된 화장은 비싼 화장품이 아니라 피부상

태에서 판가름 난다. 옷이라고 해서 다르겠는가.

기본 아이템을 갖추지 않은 채 비싸고 보기에 예쁜 옷만 마구 사들이다 보면 옷은 쌓여가도 '입을 옷이 없다'고 고민하게 된다. '입을 옷이 없다'는 말은 결국 '그 옷을 당췌 활용할 수가 없다'는 뜻이다.

활용이 불가능해진 이유는 두 가지이다. 너무 튀는 옷들만 갖고 있거나, 늘 옷을 세트로 구매하는 습관 때문이다. 그래서 매치라도 하려들면 물과 기름처럼 어색해지는 것이다. 옷에 대한 대부분의 투정과 고민을 해결하는 방법은 의외로 간단하다. 아마도 너무 기본적인 것들이라 무시하고 넘겼을 것이다.

자, 이제라도 기본 아이템을 갖추자. 옷 잘 입는 사람들의 기본 명제이다. 난해해보이는 옷들을 몸에 착 감기듯 소화한 사람들을 잘 살펴보면 기본 아이템에 난해한 아이템을 믹스앤매치했음을 알 수 있다.

베이직 아이템은 꼼꼼하게 선택하라

복잡하고 불필요한 장식이나 어지러운 패턴 없이, 깔끔하게 떨어지는 스타일. 몇 년을 두고 입어도 유행을 타지 않아 실용적으로 입게 되는 옷들이 분명 있다. '완벽한 옷차림'을 '맛있게 차려진 밥상'에 비교할 때 베이직 아이템은 밥과 같다고 생각한다. 아무리 맛있는 반찬을 한 상 가득 차려놓았다 한들 밥이 없으면 무슨 소용이겠는가.

심플한 디자인의 베이직 아이템들은 여러 가지 아이템들과 믹스앤매치하거나 레이어드할 때 기본으로 갖추고 있어야 한다. 그리고 값을 더 치르더라도 좋은 소재에 꼼꼼한 바느질로 마감된 제품을 구입하는 것이 경제적인 선택이다.

티셔츠는 컬러별로 갖춰라

기본 티셔츠긴팔+반팔는 컬러별로 구입하면 좋다. 슬리브리스 탑, 슬리브리스 드레스나 반팔 드레스도 이런 기본 티셔츠와 함께라면 계절과 상관없이 레이어드해 즐길 수 있을 뿐만 아니라 스타일링의 창의력도 높일 수 있으니 정말 실용적이다.

가장 무난하게 레이어드할 수 있는 컬러는 아이보리, 브라운, 그레이, 블랙이다 형광빛이 도는 흰색보다는 동양인의 피부톤에 맞는 아이보리로, 블랙도 새까만 블랙보다는 짙은 회색

빛이 도는 블랙으로, 브라운의 경우 약간 밝은 톤으로 선택하는 게 좋다. 또 부드러운 파스텔 계열의 컬러연 베이지, 연핑크, 연보라, 연그린 등도 실용적이다.

얇은 워싱 면 소재는 피한다

원단의 질도 잘 따져보자. 요즘 많이 나오는 얇고 흐늘거리는 워싱 면 소재는 손 세탁해야 하는 조심스러운 소재다. 세탁기에 넣고 한 번 돌렸을 뿐인데 변형되어 입지 못하게 된 경험이 있을 것이다. 너무 얇은 워싱 면 소재나 빳빳할 만큼 두꺼운 소재는 피하고 적당히 유연한 두께의 100% cotton 소재를 선택할 것. 또 한 가지, 기본 면 티의 경우 유난히 저렴한 것들이 있는데 이때 목 늘어짐 방지해리 처리 마감이 되어 있는지 꼼꼼히 살펴야 한다.

화이트 셔츠는 박시한 스타일로

화이트 셔츠 역시 절개선 없이 박시하게 떨어지는 스타일을 구입하는 게 좋다. 카디건을 어깨에 걸치거나 허리선에 묶어 여성스럽게 연출할 수도 있고, 허리 라인에 굵은 벨트를 한 후에 스키니 진과 함께 입으면 간단하면서도 다양한 코디가 가능하다.

니트는 부담스러워도 캐시미어 100% 선택

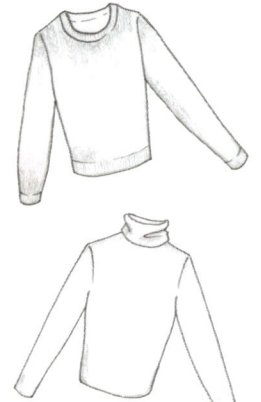

심플한 디자인의 니트를 선택할 때에는 무엇보다 소재가 가장 중요하다고 해도 과언이 아니다. 니트의 소재로 인해 고급스러움이 부각되어 보일 수도 있고, 값싸 보이는 니트 원단 때문에 스타일 전체를 망칠 수도 있다.

니트는 조금 부담이 되더라도 캐시미어 100%를 구입하는 것이 좋다. 보풀이 쉽게 생기고 한 번 세탁에 금세 변형되어 못 입는 저렴한 니트 여러 벌보다 몇 년을 두고 입어도 고급스러운 보드랍고 질 좋은 캐시미어 니트가 오히려 경제적이다.

예전에야 수십만 원을 호가하는 고급 원단의 대명사였지만 요즘은 인터넷을 잘 찾아보면 캐시미어 100% 니트 중에도 5~10만 원 이하의 제품이 많이 있다. 참고로 캐시미어를 비교적 저렴하게 구입할 수 있는 브랜드로는 유니클로9만 원대, 자라10만 원대 등이 있다 가장 많이 입게 되는 기본 컬러는 아이보리, 베이지, 그레이, 블랙.

체형에 따라 골라 입는 팬츠

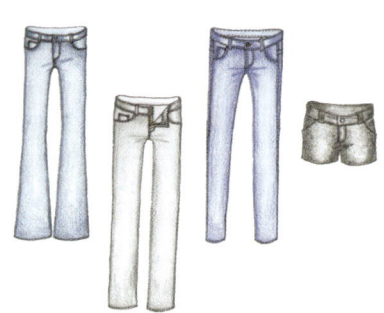

팬츠 역시 장식이 없는 기본적인 것을 고르되 체형에 맞게 입는 게 중요하다. 가장 일반적인 아이템은 진 팬츠, 즉 청바지이다. 그러나 '청바지가 잘 어울리는 여자'가 되기란 쉬운 일은 아니다. 일단 골반, 힙 라인과 무릎까지 군살이 없어야 잘 어울리는 아이템이 바로 청바지이다. 종아리가 굵은 것 정도는 커버가 가능하다.

나팔바지를 활용하거나, 긴 상의를 입어주면 충분히 스타일리시해질 수 있다. 힙 바로 밑까지 내려오는 미니 드레스에 스키니 진을 함께 입거나, 롱 스커트를 입을 때 레깅스를 이너로 입으면 하체가 길어 보인다.

스타일의 든든한 후원자, 아우터

블랙 수트 재킷은 있는 그대로 포멀하게 즐겨도 좋지만 캐주얼한 진 또는 여성스러운 드레스와 믹스앤매치하면 또 다른 멋을 즐길 수 있다.

베이지나 카키색 트렌치코트는 스카프만 둘러도 정말 근사해지는 아우터 중 하나다.

카디건 역시 빠질 수 없는 베이직 아이템. 역시 힙을 가리는 기장과 허리까지 오는 기본 기장을 둘 다 구비해놓으면 어떠한 옷차림과도 잘 어울려 실용적이다. 특히 슬리브리스 드레스 하나만 입기 부족하다 느낄 때 든든한 후원자가 되어주며, 날이 더울 때에는 허리에 살짝 묶으면 스타일리시해진다.

심플한 디자인의 백이 최상의 선택

특별한 장식이 없는 심플한 스타일의 백은 의외로 캐주얼 차림과 수트 차림 모두 소화할 수 있는 능력을 지닌 것들이 많다. 징 장식이나 다른 디테일이 없는 심플한 디자인을 고르는 것이 관건이다. 심플한 백에 프티 스카프를 묶어주면 여성스러운 스타일로도 연출 가능하다. 가방의 크기는 취향과 용도에 따라 선택한다. 소재는 반드시 leather 100%를 선택할 것.

스타일보다는 소재가 우선인 슈즈

하얀 운동화는 캐주얼한 옷차림은 물론 소녀 취향의 롱 스커트나 수트에 믹스앤매치해도 근사하다. 플랫 슈즈, 로퍼, 펌프스를 구입할 때 역시 장식이 없는 가장 무난하고 기본적인 스타일을 구입하되 소재만큼은 합성피혁이 아닌 leather 100%로 선택한다. 여러 번 신을수록 가죽과 합성피혁은 크게 차이가 난다. 요즘은 100% 가죽 소재의 슈즈들도 저렴한 제품들이 많이 나와 있으니, 기왕이면 발도 편안하고 고급스러운 가죽 소재를 선택하는 것이 좋다. 또 펌프스의 경우는 7센티미터 굽이 캐주얼과 수트 모두에 가장 무난하고 다리 라인도 예뻐 보인다.

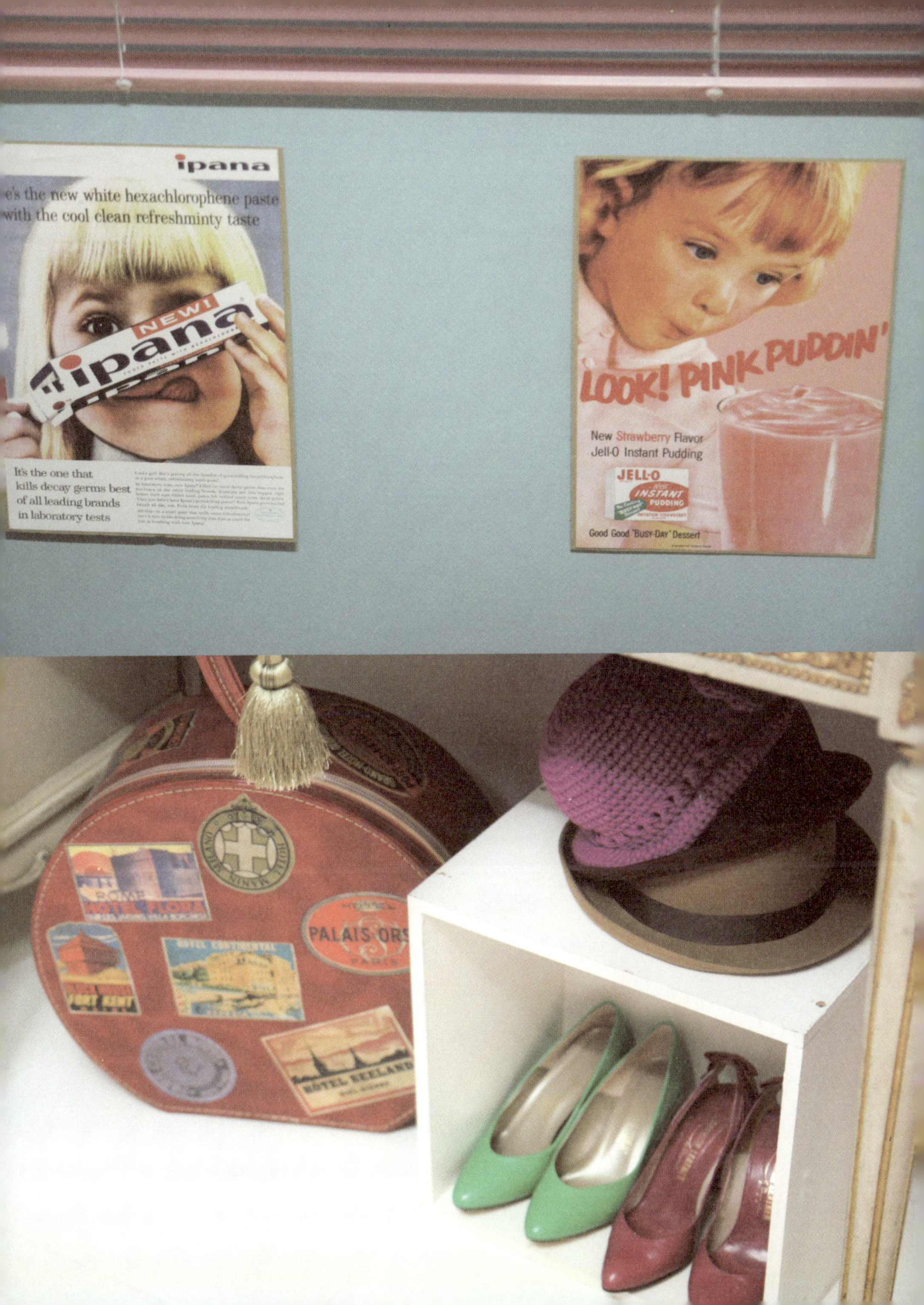
ipana
e's the new white hexachlorophene paste
with the cool clean refreshminty taste
NEW!
ipana
It's the one that
kills decay germs best
of all leading brands
in laboratory tests
LOOK! PINK PUDDIN'
New Strawberry Flavor
Jell-O Instant Pudding
JELL-O
INSTANT
PUDDING
Good Good "Busy-Day" Dessert
ROME
PALAIS-ORS
PARIS

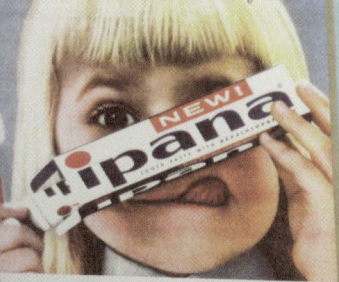

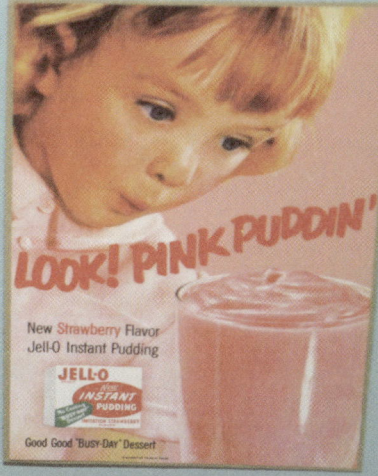

평범한 옷차림에 포인트 주는 법

빈티지 아이템 '하나만으로' 스타일에 액센트를 준다면!

흰색 면 티에 아이스블루 숏 팬츠. 평범하고 밋밋하다.

80년대 빈티지 백들은 유난히 컬러풀하고 독창적인 디자인들이 많다.

큼직한 꽃무늬가 있는 빈티지 슬리브리스 톱을 레이어드했을 뿐인데 화사하고 사랑스러운 스타일이 완성되었다.

평범하고 밋밋한 바탕에 스타일 액센트를 주기 좋은 80년대 빈티지 백 아이템.

커스텀 쥬얼리와 빈티지 벨트로 포
인트를 준다면 한층 더 고급스럽고
세련된 룩을 완성할 수 있다.

80년대 라이언 헤드 벨트.

커스텀 쥬얼리 창시자인 샤넬의 빈티지 이어링.

믹스앤매치 감각으로 완성하는
빈티지 스타일 연출법

· ·

베이직 아이템들을 어떤 식으로 매치하느냐에 따라 당신은 베스트 빈티지 드레서가 될 수도 있고, 단순히 패션 테러리스트로 전락할 수도 있다. 그렇다면 베이직 아이템으로 어떻게 훌륭한 빈티지 스타일을 연출할 수 있을까?

비법은 믹스앤매치 Mix&Match. 믹스앤매치는 상반된 분위기, 다양한 컬러, 이질감이 느껴지는 서로 다른 소재, 다양한 패턴 등 전혀 어울릴 것 같지 않은 아이템들을 자신만의 개성을 담아 말 그대로 섞어보는 것이다. 부조화 속의 색다른 '아름다움'을 창조해내는 것이다.

믹스앤매치를 알아야 빈티지가 보인다

사실 믹스앤매치를 처음 시도하는 사람의 입장에서 서로 다른 두 가지 룩을 매치해 자신만의 룩으로 탄생시키기란 결코 쉬운 일은 아닐 것이다. 이는 사람들이 블랙 수트엔 화이트 셔츠와 블랙 슈즈를, 후드 점퍼엔 면바지와 운동화를 매치하는 것이 패션의 기본 상식이자 꼭 지켜야 할

룰로 여기기 때문이다. 말끔하게 차려 입은 블랙 수트는 지극히도 재미없다. 답답한 수트에 대한 반항심이 끓어오를 때 재킷 안에 숨 막히는 넥타이를 두른 셔츠 대신 빈티지한 프린트가 그려진 흰색 면 티를 입고 구두 대신 흰 운동화를 신어보자. 요즘 남자 연예인들이 공식 행사장에서 종종 선보이는 가장 기본적인 매칭법이다. 이제 상식이나 룰 따위는 깨버리자. 그렇다고 처음부터 너무 욕심내지 말고 두 가지 룩에서 두 가지 아이템만 서로 믹스앤매치해보자. 우선 우리가 일반적으로 기본 공식이라고 생각하는 두 가지 룩을 준비한다. 다음 그림을 보자.

Romi's Vintage Advice

일반적인 수트 차림

일반적인 캐주얼 차림

여기서 쉐이크, 쉐이크! 믹스앤매치!

리얼 빈티지 믹스앤매치 노하우

기본 아이템들끼리의 믹스를 통해 빈티지한 스타일링에 조금 익숙해졌다면, 완전히 다른, 개성 강한 두 개의 룩을 믹스앤매치해보자. 이제부터 본격적인 빈티지 스타일 연출을 위한 믹스앤매치법을 소개한다.

Mix & Matching_ 1
로맨틱 룩과 밀리터리 룩

여성스러운 화이트 레이스 드레스, 작고 귀여운 핸드백에 리본 달린 펌프스까지 그야말로 로맨틱 풀세트다. 특별한 날이 아니고서야 평소에 이런 옷차림이라면 행동 하나하나가 신경 쓰여 피곤해질 수밖에 없다. 역시 기본 상식은 무시하자. 온통 고급스러운 레이스로 된 로맨틱 드레스에 카키색 야상 점퍼를 과감하게 믹스앤매치해보자. 대신 재킷 위에 레이스 코사지를 달아주면 부조화 속에서도 통일감 있는 믹스앤매치 룩을 완성할 수 있다.

Mix & Matching_ 2

여성스러운 빈티지 드레스에 매니시한 블랙 재킷

매니시한 블랙 재킷과 시크한 블랙 레더 슬러치 부츠, 그리고 하늘거리는 여성스러운 느낌의 아이보리 파시미나와 빈티지 특유의 독특한 패턴이 돋보이는 빈티지 드레스를 매치했다. 여성스러움을 잃지 않으면서 시크해보이고 싶은 날 활용하면 좋은 믹스앤매치 룩이다.

Mix & Matching_ 3

목가적인 분위기의 엠파이어 롱 드레스에 터프한 라이더 재킷

얌전한 소녀 느낌이 나는 부드러운 면 리플 소재의 롱 드레스에 터프한 오토바이 라이더의 재킷을 믹스앤매치했다. 이질감 나는 소재에 전혀 다른 분위기를 가진 두 가지 룩을 조화시킬 때는 컬러감을 통일해보자. 여기서는 브라운 컬러로 통일했다.

Mix & Matching_ 4

로맨틱 드레스에 엔지니어링 부츠

보통 여성스러운 드레스에는 그와 비슷한 계열의 컬러 스타킹과 매치하는 게 일반적이다. 그러나 드레스 아래 얇은 스키니 진으로 의외성을 주었더니, 훨씬 스타일리시한 빈티지 룩이 완성되었다. 또 다른 의외의 요소인 엔지니어링 부츠는 여성스러운 드레스와 대비를 이루는 동시에 드레스와 같은 컬러 계열인 브라운이어서 패션에 통일감을 준다.

브라운 엔지니어링 부츠.

여성스런 느낌의 아이보리 드레스

의외성을 살리되, 반드시 통일된 아이템을 갖춰라!

여성스러운 드레스와 남성스러운 부츠는 스타일에서 극한 대비를 이룬다. 그럼에도 산만하거나 엉뚱해보이지 않는 이유는 바로 같은 계열의 색을 유지했기 때문이다. 다른 스타일끼리 매치할 때는 색에 신경 쓸 것. 보색대비가 멋스럽긴 하지만, 처음 시도하는 믹스앤매치라면 같은 계열의 색에서 농도만 달리하는 게 좋다.

넓은 러플 네크 라인과 플라워 프린트가 로맨틱한 드레스에 웨스턴 부츠 믹스앤매치.

깜찍한 베이비돌 드레스에 성숙한 여인의 향기가 풍기는 와인 컬러 롱부츠 매치.

여성스러운 윙소매 드레스에 서부의 사나이 같은 웨스턴 부츠 믹스앤매치.

블루 컬러의 시폰 드레스 위에
보라색 언밸런스드 베스트 레이어드.

Mix&Matching_ 5

겹쳐 입을수록 멋있는 레이어드 룩

레이어드 룩layered look, 레이어layer란 '층이 있는, 겹친' 이라는 의미로 복식용어에서는 겹쳐 입기를 말

한다. 현대 패션에서는 1970년대 중반에 레이어드 룩이 유행하기 시작했다. 속에 입은 옷을 겉에서도 보이

게 일부러 드러낸다거나, 긴소매 블라우스 위에 반소매 스웨터나 재킷을, 드레스 안에 판탈롱 팬츠를 입는

등 종래의 습관을 무시하고 겹쳐 입는 식으로, 빈티지 패션을 대표하는 표현 방법이기도 하다. 그리고 캐주

얼웨어의 보급과 함께 1980년대 이후 1990년대에 걸쳐 이러한 레이어드 감각은 계속해서 나타났다. 최근에

는 블라우스를 겹쳐 입거나 스커트의 길이를 다양하게 하여 겹쳐 입는 등의 다양한 레이어드 스타일이 등장

하고 있다.

브라운색 긴소매 면티와 핑크색 슬리브리스 롱탑
의 레이어드만으로는 지루해보여, 그 위에 전혀
다른 소재로 된 레이스 카디건을 하나 더 입었다.

화이트 반팔 티와 도트 슬리브리스 드레스의
가장 기본적이고 무난한 레이어드.

Romi's Vintage Advice

출장지에서 눈속임 연출법으로도 제격인 레이어드 룩

가볍게 떠난 여행지나 출장지에서 스타일을 유지하는 비법이 바로 레이어드이다. 화이트 도트가
들어간 블랙 탑과 블랙 도트의 화이트 드레스를 이용해 탑을 넣어 입거나 혹은 내어 입는 식으로
두 개의 연출이 가능하다. 대신 이때는 벨트나 헤어핀과 같은 액세서리로 포인트를 주는 것이 좋
다. 영화 「비 포 선라이즈」에서 여주인공 줄리 델피가 선보였던 가장 손쉬운 눈속임 연출법이다.

Styling #4

매일매일
특별해지기
Vintage Girl's Daily Styling

로맨틱 분위기가 물씬! 바닷가 여행

여행은 일상과 잠시 이별하기 위해 다른 곳으로 떠나는 일. 떠나갈 곳에서는 지금과 다른 모습이고 싶고, 더 과감해도 될 것 같은 생각이 든다. 그래서 가방 안에 그동안 입지 않았던 화려한 패턴의 원피스라던가, 어깨가 드러나는 오프숄더 탑을 챙겨갈 생각에 벌써부터 설레인다.

그런데, 여기서부터 고민이 시작된다. 가방에 한가득 넣고 낑낑거리며 챙겨가지만 대부분은 입지 않고 접은 모양 그대로 고스란히 들고 온다는 사실이다. 게다가 더 어이없는 일은 여행지에 도착하고 나서야 '아, 그걸 꼭 챙겼어야 했는데' 하는 아쉬운 아이템들이 눈에 보이기 시작한다는 것. 지난 실패를 거울삼아 이번엔 잘 쌀 수 있을 것 같은데, 늘 어렵기만 하다. 1년째 모셔두고 있는 빨간색 도트 무늬 원피스와 보라색 샌들이 이번엔 날 좀 데려가달라고 애원한다. 어쩌면 좋으니.

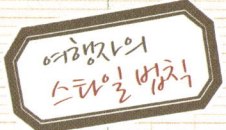

여행자의
스타일 법칙

여행가방을 꾸릴 때 법칙이 하나 있다.
"두 가지 스타일 연출이 가능한 아이템은 무엇인가?"
후회 없는 여행을 만드는 로미의 야무진 여행가방 싸기 요령을 소개한다.

바닷가 여행을 준비하는 우리의 자세

60년대 멕시칸 드레스
화려한 색감으로 예쁜 사진 남
기기에 딱이다.

뱅글
포인트 액세서리. 뱅글을 했을
때와 안 했을 때의 느낌이 굉
장히 다르다. 꼭 챙기자.

챙 넓은 스트로햇
챙이 넓을수록 챙의 웨이브가
자연스러워서, 로맨틱한 분위
기를 연출할 수 있다.

브로치
밋밋한 옷에 포인트를 주거나
스트로햇에 매치할 수 있다.

롱 티어드 스커트
허리 부분이 밴딩처리된 것으
로 선택하자. 롱스커트와 튜브
원피스 두 가지 연출이 가능
하다.

가죽 벨트
롱 스커트를 튜브 원피스로 바
꿔 입을 때 아주 유용하다.

스킨톤 플랫 슈즈
어떠한 옷차림과도 자연스럽게 잘 어울려 매우 유용하게 쓰인다.

흰색 운동화
숙소 근처 시장에 가거나, 긴 산책로를 걸을 때 요긴하게 쓰인다.

발이 편안한 웨지힐
편하게 여행하겠다고 낮은 신발만 고집했다가는 후회하기 십상. 여행지에서의 화려한 밤을 포기할 수는 없으니까. 이럴 때는 웨지힐이 안성맞춤! 웨지힐은 다리를 날씬하게 강조해주면서도, 안정적이고 편안한 착화감을 자랑한다.

베네피트의 문빔
달빛 같은 은은한 반짝임으로 얼굴을 입체적으로 변화시켜준다. 특히 쇄골에 발라주면 무척 섹시해보인다.

Best of Best

시원한 바닷가와 어울리는 롱 티어드 스커트
비키니 위에 살짝 걸쳐도 편안하면서도 섹시한 분위기가 연출된다.

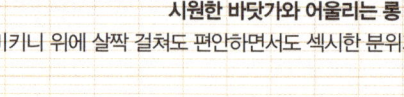

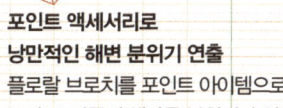

**포인트 액세서리로
낭만적인 해변 분위기 연출**
플로랄 브로치를 포인트 아이템으로 이용해
보자. 소녀풍의 색다른 분위기가 연출된다.

숙소나 산책로에서는 롱 스커트로 연출
바닷가에서 숙소로 돌아와서는 롱 스커트
로 편하게 입자. 바닷가에서의 섹시 아이
템이 편하고 걸리시한 아이템으로 변신했
다. 게다가 화이트 원피스는 어떤 색깔의
상의와도 훌륭한 매치를 이룬다.

바닷가에서는 튜브 원피스로 연출
롱 티어드 스커트는 두 가지 스타일을 연출할 수 있는 완소 아
이템이다. 허리에 도톰한 벨트만 두르면 스타일 완성. 심심하다
싶으면 뱅글로 한 번 더 포인트를 주어도 좋다.

싱그러운 초록을 찾아 떠나는 여행

녹음이 짙은 곳으로 여행을 갈 때는 채도가 높은 원색 옷을 선택하자. 레드, 핫 핑크, 옐로우, 오렌지, 퍼플 등이라면 초록의 배경에서 도드라지면서도 잘 어울린 다. 숲을 그린 풍경화 안에 마지막으로 꽃을 그려넣는 일이라고 생각하면 이해하 기 쉬울 것이다.

대신, 같은 그린 계열은 채도가 높은 것일지라도 피하는 게 좋다. 초록에 초록. 생각만 해도 지루하다. 녹색, 풀색, 연두, 청록이 이에 해당한다.

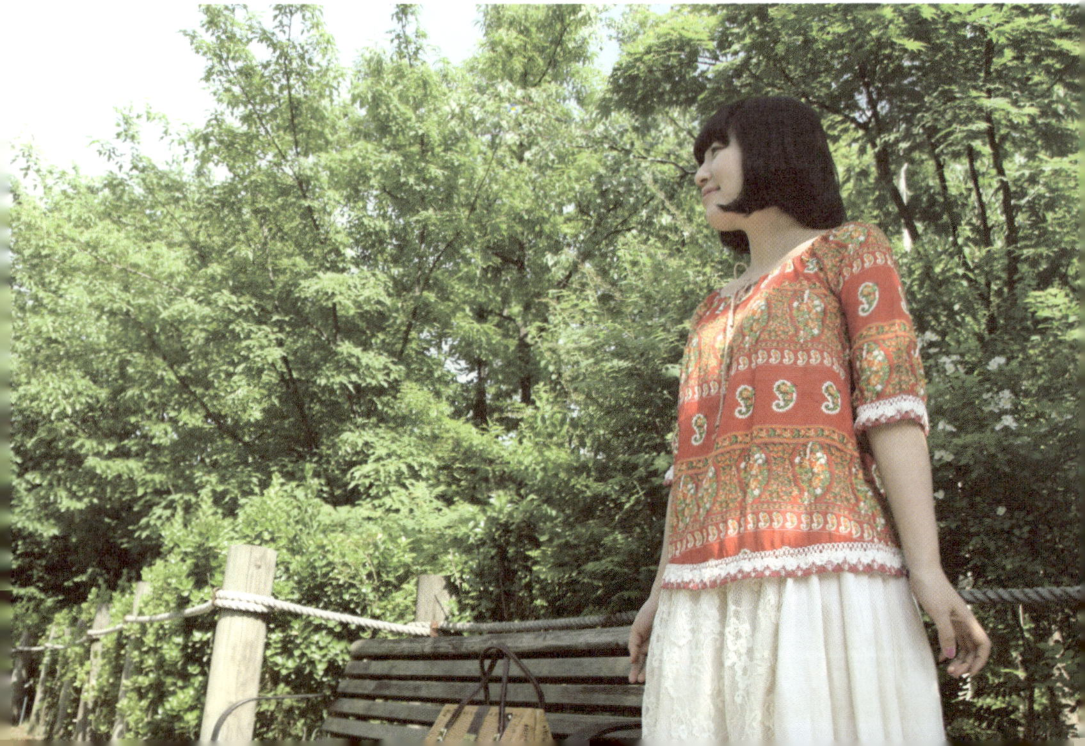

아기자기한 플로랄 패턴이 인상적인 빈티지 드레스.
초록 도화지에 노란꽃을 그려넣은 듯한 모습이다.

핸드메이드 자수가 예쁜 핫 핑크와 옐로우 멕시칸 탑.
초록 배경과 잘 어울린다.

비 오는 날,
레인부츠는 사치가 아닌 필수품

비 오는 날은 하루 종일 집에 있고 싶은, 귀차니즘이 제대로 발동하는 날이다. 화장한 얼굴은 금세 칙칙해지고 높은 습도로 머리는 풀이 죽는다. 아끼는 송아지 가죽 구두도 신을 수 없다. 지나가는 차에 물세례를 맞기라도 한다면…… 생각만 해도 끔찍하다. 아! 우산, 우산은 생각만 해도 거추장스럽다. 이외에도 나는 비 오는 날 밖에 나가기 싫은 이유를 백 가지도 더 댈 수 있다. 그렇다고 집에만 있을 수는 없다. 비 온다고 직장을 쉴 수도, 있는 약속을 이유 없이 깰 수도 없는 노릇이니 말이다.

피할 수 없다면…… 즐길 수 있는 방법을 찾아보자. 그것이 최선이다. 비 오는 날 빛을 발하는 아이템을 찾아보자.

어느 날 우연히 길을 걷다가 숍에서 노란 레인부츠를 발견했다. 무심코 지나치려는데, 어느새 내가 레인부츠를 향해 뒷걸음치고 있는 게 아닌가.

이때였다. 나는 들었다. 노란 레인부츠가 나의 지름신을 부르는 소리를 말이다.

"헤이 걸! 당신을 기다리고 있었어요."

그러자 저 멀리 구름을 타고 지름신께서 강림하셨고, 노란 레인부츠는 금빛을 발하며 나를 유혹했다. 나는 3만 7,000원에 고이 모셔왔다.

"비 오는 날 예쁘게 신어줄 테니까 기다려!"

처음이었다. 비 오는 날을 기다리는 건. 그런데 이건 무슨 조화인가. 머피의 법칙도 아니고, 기다리는 비는 오지 않고 화창한 날이 계속되는 것이었다. 어찌나 마음이 답답하던지.

네이버 지식인에 일 년 중 비 오는 날은 며칠이나 되는지 검색까지 할 정도로 비 오는 날이면 집에만 붙어 있으려 온갖 핑계를 만들던 내가 나가고 싶어 안달이 난 것이다. 레인부츠 하나 때문에. 비오는 날의 레인부츠는 실용적이기도 하지만 우리의 마음을 밖으로 향하게 하는 마법의 아이템이기도 하다.

만약 노란 레인부츠가 너무 걸리시하고 튀어서 싫다면, 모던하고 클래식한 분위기의 레인부츠를 선택해보자. 레인부츠는 우리가 생각하는 것보다 그 종류가 굉장히 다양하다. 게다가 G마켓이나 옥션에서 2~3만 원대의 예쁜 레인부츠들을 로드숍보다 저렴한 가격에 만날 수 있다.

여기에 한 가지 더! 레인코트도 하나쯤 있으면 아주 유용하다. 옷 젖을 걱정이 사라질 뿐 아니라 비 오는 날 분위기에 맞는 스타일링을 제대로 연출할 수 있으니까.

이것이 진정한 걸리시

걸리시, 소녀풍하면 커다란 칼라, 봉긋한 퍼프 소매, 리본 장식, 귀여운 레이스, 아기자기한 플로랄 패턴, 달콤한 컬러, 키치한 일러스트와 장난감 같은 장신구 등이 대번에 떠오른다.

걸리시 룩 아이템들은 한눈에 보기에 10대 소녀들이나 입을 법한 옷 또는 소품으로 단정짓기 쉬우나 알고 보면 20대부터 40대까지 폭넓게 사랑받는 것들이다.

순수하고 아름다운 소녀 시절의 낭만. 실제로 우리의 소녀 시절이 그렇지만은 않았다 하더라도, 여자들에게는 그 시절의 기억이, 그 이미지가 쉽게 포기할 수 없는 로망인 듯하다. 그래서 아마도 이 걸리시 룩은 여성들이 여성성을 포기하지 않는 한 영원할 것이다.

걸리시 룩의 기본은 역시 '귀여운 원피스'. 귀여운 드레스를 입고 화장은 로맨틱 분위기가 폴폴 나는 핑크빛 볼터치와 투명한 립글로스로 마무리하면 된다.

넓은 레이스 칼라가 지극히도 걸리시한 빈티지 드레스와 빨강머리 앤이 썼을 법한 스트로햇. 여기에 대나무로 엮은 핸드메이드 라탄백으로 소녀스러움을 더했다.

지금은 생산되지 않는 70년대 아메리칸 빈티지 드레스 Gunne Sax 제품. 봉긋한 소매와 체크 무늬, 블랙 레이스 트리밍이 제대로 걸리시하다. 잘록한 허리선과 롱 풀스커트는 여성스런 곡선을 강조, 몸매를 예쁘게 보이게 한다.

은은하게 튀고 싶은 모임

　여자라면 누구나 중요한 모임에서 돋보이고 싶을 것이다. 연말연시 동창회, 부부동반 모임, 동호회뿐만 아니라 회식자리에서도 말이다. 나 역시 그런 모임이 있는 날이면 전날부터 피부가 투명해진다는 팩도 붙여보고, 옷장을 열어 이 옷 저 옷 입어보며 호들갑을 떤다. 다음날 입고 나갈 옷과 소품, 구두까지 말끔하게 다 챙겨둬야 비로소 편안하게 잠이 든다.

　어떻게 하면 모임에 나온 많은 사람들 가운데 묻히지 않고 돋보일 수 있을까? 중요한 약속이 정해지면 값비싼 보석을 두른다거나, 큼직하게 명품 로고가 박힌 백을 먼저 떠올릴지도 모른다. 하지만 명품 백이나 다이아몬드보다 센스 있는 옷차림과 자신감 있는 태도, 여유로운 미소가 당신을 반짝이게 해줄 것이라 확신한다. 자체발광이 최고라는 말이다. 대놓고 '나 비싼 거!' 라고 외치는 것들은 조용히 내려놓자. '뭐야, 저 여자는 명품백이나 다이아 하나 없는데, 뭔가 있어 보이네, 도대체 비결이 뭐야?' 하는 부러움의 눈빛 레이저를 한몸에 받아보자.

자칫하면 겨울에도 답답하고 지루해보일 수 있는 소재가 벨벳이다. 하지만 과감한 패턴이 모던하게 들어가 있으면 고급스러워 보인다. 또한 하이웨이스트 라인은 날씬해보이며 키도 커보인다.

나비를 모티프로 한 70년대 일본 빈티지 벨트. 빈티지 벨트 중에
는 벤딩 소재가 많은데, 벤딩은 사이즈에 구애받지 않는다는 게
장점이다. 게다가 아우터 위에도 연출할 수 있어 실용적이다.

블랙만큼 특별한 자리에서 세련된 매력을 발휘하는 색도 없다. 그러나 올 블랙이 부담스럽고 식상하다면 벨트와 백에 핑크
컬러로 포인트를 주어 화사하면서도 무겁지 않게 표현해보자. 블랙이 어울리지 않는 사람도 포인트 컬러를 쓰면 어느새 블
랙을 잘 소화하고 있는 자신을 발견할 수 있을 것이다.

때로는 인형처럼

어린 시절 소중하게 생각하는 인형이 하나쯤은 있었을 것이다. 나 역시 그랬다. 그 정도가 어찌나 유난스러웠는지, 동생이 없는 나는 인형을 동생처럼 여기며, 내 이름의 끝자인 '미'를 돌림자로 해서 수많은 인형들에게 이름을 붙여주었다. '레미, 미미, 소미, 꼬미, 주미, 다미……' 정말 언니라도 된 듯 보살피고 옷이 더러워지면 빨아주고, 심지어는 목욕도 시켜주었다. 생일이나 어린이날, 크리스마스에 받고 싶은 선물 역시 무조건 인형이었다.

인형을 그처럼 좋아했던 까닭은 인형이 동생처럼 느껴졌기 때문이기도 했지만, 사실 인형옷이 너무 예뻐서이기도 했다. 봉긋한 퍼프 소매가 달린 블라우스와 인형의 잘록한 허리를 강조해주는 몹시도 풍성해서 360도 빙그르르 돌아줘야 할 것만 같은 풀스커트는 환상 그 자체였다.

얼마나 인형옷이 입고 싶었던지 한번은 조그마한 옥수수 알이 뻥튀기 기계 속에 들어가서 엄청난 크기로 부풀어 나오는 걸 보고는 인형옷도 한 번만 튀겨달라고 마구잡이로 떼를 쓰기까지 했다.

미국에 사는 베스트프렌드의 집을 방문했을 때의 일이다. L.A. 멜로즈에 있는 빈티지 숍에 갔는데 한쪽이 온통 베이비돌 드레스 천지였다. 아주 작은 사이즈부터 후덕한 88사이즈까지, 디자인과 사이즈의 다양함에 입을 다물 수가 없었다. 그날 총 다섯 벌의 드레스를 구입했고, 이후 베이비돌 드레스에 대한 집착은 더욱 강해져만 갔다. 한두 벌 모으기 시작한 게 장롱 한가득 쌓이기 시작했다. 베이비돌 드레스에 대한 편견을 모르는 게 아니다. 그래도 혹시나 하는 마음에 온라인 숍에 판매품목으로 등록해보았다. 반응은 생각보다 폭발적이었다.

한 손님은 베이비돌 드레스를 입고 외출한 날, 엄마 손을 잡고 가던 꼬마숙녀가 자기가 입은 원피스보다 저 언니가 입은 옷이 더 예쁘니 저런 옷을 사달라고 떼를 쓰며 울더라는 유쾌한 에피소드를 전해주기도 했다.

내 여자친구의 결혼식

서른이 가까워오자 곁에 있던 친구들이 하나둘 결혼 소식을 전한다. 특히 봄, 가을만 되면 청첩장이 한 달에 3~4장이 날아와 심지어 하루에 2개나 날아온 적도 있다. 주말을 고스란히 결혼식장에 바치곤 한다. 그럴 때 옷차림 또한 고민이 아닐 수 없다.

친구의 결혼식날 잘 차려입어야 하는 이유 몇 가지만 들어보자. 하나, 친구의 가족과 시댁 어른들도 있는데 대충 입거나 격식에 어긋나는 차림으로 친구의 체면을 깎아내릴 순 없다. 둘, 오랜만에 만나는 사람들이 모이는 곳이니까, 변함없는 나의 모습을 보여줘야 하지 않겠어? 셋, 오늘의 내 모습이 친구의 결혼사진 앨범 속에 영원히 평생 남을 테니까. 넷, 결혼식엔 뒤풀이가 있지, 거기서 만나 결혼하는 커플들도 봤다고.

그렇다고 친구인 신부보다 아름다워서야 되겠는가. 그것만큼 꼴불견도 없다. 아주 다

양한 상상을 하게 만드니까. 그래서 결혼식에 갈 때는 '적당히 잘' 차려 입는 것이 중요하다. 이게 정말 어렵다. 머리끝부터 발끝까지 정장으로 빼입으면 부담스럽다. 또 신부처럼 흰색 레이스가 주렁주렁 달린 공주풍의 지나치게 화려한 옷도 피하는 게 좋다.

자, 그렇다면 어떤 옷이 좋을까? 이럴 땐 장식이나 디테일이 없는 깔끔하고 어느 정도 격식을 갖춘 단정한 느낌의 원피스가 제격이다! 대신 격식을 차린다고 너무 어두운 컬러를 선택하지는 말자. 블랙, 블루 계열 중에서 중간 정도의 채도가 적당하다.

큼직한 가방보다는 한손에 단정하게 들 수 있는 클러치백이나 작은 토드백이 결혼식 옷차림과 어울린다.

몸도 마음도 자유롭고 싶은 날

온몸을 긴장시키는 꽉 조이는 보정 속옷과 정장 스커트, 피가 안 통할 것만 같은 갑갑한 스타킹, 목까지 올라오는 블라우스, 활동이 불편한 타이트한 재킷은 몸뿐만 아니라, 마음까지 조르는 것 같다. 바쁜 하루를 보내고, 집에 돌아와 옷을 벗을 때면, 혹사당한 몸 여기저기에 다정하게 말을 걸어줘야 할 것만 같다. "다리야, 꽉 조이는 스타킹 때문에 얼마나 갑갑했니?" 하면서 말이다.

가끔은 나의 상황이나 직업 때문에 입어야만 하는 갑갑한 옷에서 벗어나 몸과 마음도 느슨하게 풀어줄 필요가 있다. 그럴 때 나는 에이 라인의 미니 드레스와 숏 팬츠를 즐겨 입는데, 특히 풍성한 에이 라인 드레스 사이로 불어오는 바람이 나를 하늘로 훨훨 날려 보내줄 것만 같아 기분도 상쾌해진다.

면 소재의 부드러운 촉감이 좋은 에이 라인 미니 드레스. 이 옷을 입으면 몸도 마음도 자유로워진다.

귀차니스트의 외출

귀차니즘이 하늘을 찌르는 날이 있다. 아마 그런 날은 하늘도 날 보며 찡그리지 않을까 싶지만 목이 말라도 물 가지러가는 일이 싫어 참고, 화장실 가는 길이 천리 길 같아 또 참게 되는 등 만사가 귀찮다.

그런 날 도저히 피할 수 없는 약속이 생겨서 외출이 불가피하다면? 일단 평범하게 입자. 이런 날 아무리 애를 써봤자, 스타일 안 나온다.

머리감기도 귀찮을 정도라면 헝클어진 부분만 헤어드라이어로 가볍게 손질하고, 두건이나 모자를 활용한다. 화장은 비비크림과 립글로스로 피부톤만 건강하게 정리한다. 그리고 소품을 적극 활용해 포인트를 주자. 옷도 화장도 평범한데, 포인트까지 없다면 그날 당신의 귀차니즘은 타인들에게 매우 깊게 각인될지도 모른다.

베이직한 화이트 블라우스와 면 소재 롱 스커트의 매치는 지루해보일 수 있다. 여기에 레드 숄더백으로 강렬한 포인트를 주면 훨씬 생기 있어 보인다.

베이직한 보라색 면 티셔츠와 체크 무늬 스커트를 매치한 평범한 스타일링이다. 여기에 파란색 두건과 가방으로 포인트를 주었다.

짙은 남색 카디건은 차갑고 심심하다. 여기에 보색인 따뜻한 와인 숄더백을 들어주면 매치 끝. 남색이 세련된 색으로 느껴진다.

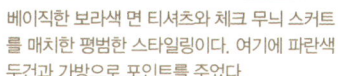

톡톡 튀는 컬러의 머플러나 스카프도 훌륭한 포인팅 아이템이다.

레오파트 프린팅은 그 어떤 포인팅 아이템보다 강력한 힘을 발휘한다. 너무 취향에 안 맞으면 몰라도, 그게 아니라면 하나쯤 구비해두면 요긴하게 쓰인다.

특별한 날을 위한 파티 드레스

파티라고 하면 왠지 외국인들만의 문화 같지만, 알고 보면 우리나라에도 다양한 콘셉트의 파티 문화가 존재한다. 나 역시 파티를 즐긴다. 내가 여는 파티는 아직 큰 규모는 아니지만 빈티지를 좋아하는 소수의 친구들과 함께 빈티지 룩을 차려 입고 함께 모여, 맛있는 음식도 먹고 서로의 스타일에 대해 이야기하거나 빈티지 풍의 영화를 관람하며 의미 있는 시간을 갖곤 한다.

파티를 위한 드레스 코드만큼은 철저하게 지킨다. 파티 드레스를 돈이 많은 사람들의 사치품쯤으로 여기는 사람들이 많을지 모른다. 하지만 전혀 그렇지 않다. 빈티지 파티 드레스의 경우엔 5만 원에서 18만 원선이면 구입할 수 있다.

풍성한 파티 드레스가 아니어도 베일로 가볍게 장식된 필복스 Philbox 하나만으로도 파티 분위기 물씬.

인생에서 웨딩 드레스가 최초이자 마지막 드레스라면 좀 억울한 일이다 게다가 결혼에 관심 없는 사람들도 있을 터. 평소 복장도 아니니 여러 벌까지는 필요 없고, 하나쯤 갖추고 있으면 일상이 드레스처럼 반짝하고 빛나지 않을까.

친구들과 파티 드레스를 입고 여자들끼리 재미난 시간을 보내도 좋을 것이고, 분위기 좋은 펜션을 빌려 의미 있는 사진을 남길 수도 있을 것이다. 나는 20대의 마지막 날, 친구들과 함께 빈티지 드레스를 입고 스튜디오 촬영으로 그날의 즐거운 추억을 기록으로 남길 생각이다.

1950년대 빈티지 파티 드레스를 입고서 백설공주를 테마로 사진을 찍었다.

온통 레이스로 된 초절정 로맨틱 퍼플 레이스 드레스.

103

빈티지 드레스 포토앨범

로미의 빈티지 사계절

80년대 무드가 물씬 풍기는 팝아트 점퍼와 하이웨스트 스커트

연노랑색의 블라우스를 입으면 기분까지 환해진다. 살짝 비치는 소매도 매력 포인트.

봄과 어울리는 은은한 라벤더 시폰 블라우스.

프레피 룩(교복 분위기의 룩)에 연보라 베렛과 스트로우 소재의 클러치백을 매치했다.

Summer

허니비를 연상케 하는 귀여운 빈티지 드레스로 '꿀벌소녀' 완성!

한 땀 한 땀 정성 어린 60년대 핸드메이드 자수 드레스.

108

빈티지에 도트가 빠질 수 있나! 여름에 더욱 매력적인 도트 드레스와 캐리도 반할만한 클러치백.

캐주얼한 미니 마우스 티셔츠와 소녀스러운 점퍼 드레스를 믹스앤매치!

시원해보이는 스트라이프 패턴은 무더운 날 청량감 있는 스타일을 완성한다!

가을이라고 카키나 베이지색 트렌치 코트만 입을 순 없지. 남들은 없는 핑크 트렌치 코트!

Fall

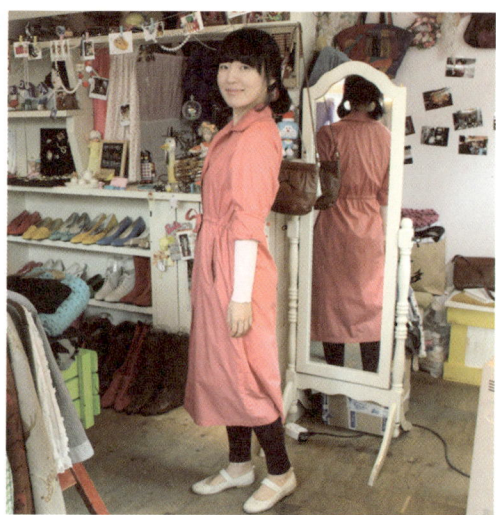

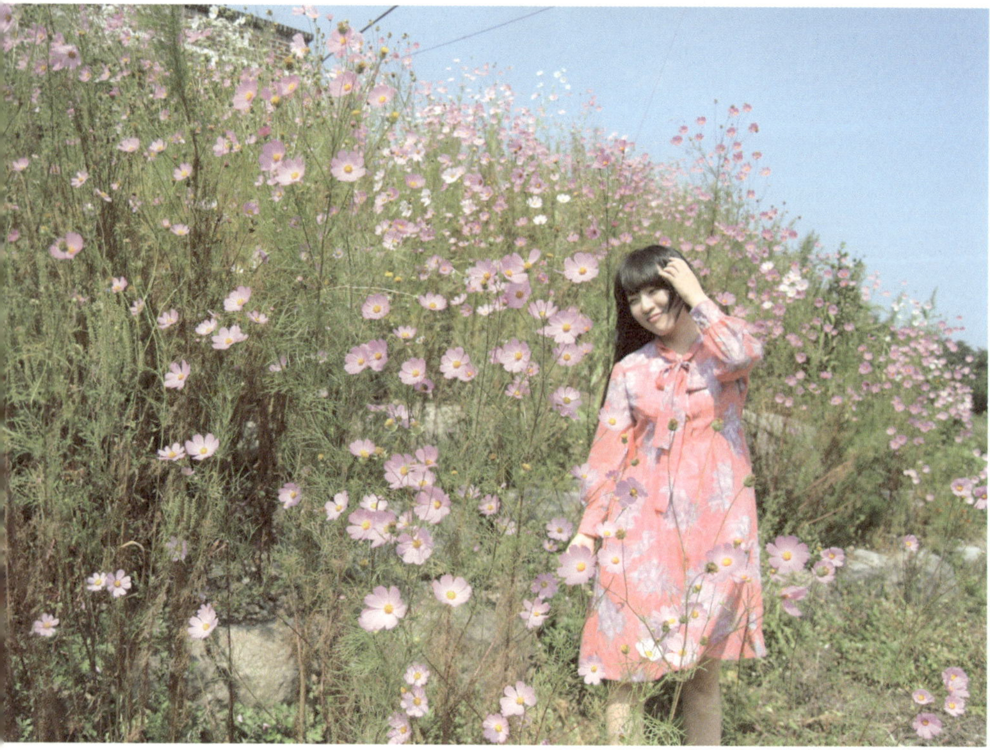

가을하면 왜 브라운색만 떠올릴까? 가을을 대표하는 꽃인 코스모스는 분홍이라고!

뜨개 볼레로와 빅토리안 스타일의 70년대 롱 스커트로 여성스러움이 묻어나는 페미닌 룩을 연출해보았다.

Winter

빈티지에서나 볼 수 있는 특유의 화려한
패턴과 색감을 느낄 수 있는 원피스.

빈티지 니트를 빼면 겨울이 무슨 재미! 아기자기한
니트들을 보고 있노라면 마음도 따뜻해져!

겨울이라고 칙칙한 옷들만 입으면 마음도
우울해져. 알록달록 색감이 예쁜 니트를.

도톰한 핑크 하프 코트와 선물상자
같은 크로스백으로 기분 좋은 외출.

로미의 눈을 반짝 빛나게 한 세계의
빈티지 마니아

빈티지 걸, 그녀들의 옷장을 엿보다!

코스튬플레이와 빈티지를 사랑하는 고등학생, 강나은

사슴처럼 영롱한 큰 눈이 매력적인 나은이. 그녀는 꿈 많은 고등학생으로 코스튬플레이와 빈티지를 사랑하는 쾌활소녀이다. 어떤 화장을 하느냐에 따라 다양한 분위기를 연출할 수 있는 큰 이목구비에 늘씬한 몸매는 언뜻 성숙한 이미지를 풍기기도 하지만, 말할 때 보면 영락없는 낭랑 18세이다.

코스튬플레이와 빈티지 패션, 이 둘이 없었다면 그녀는 무슨 재미로 세상을 살았을까? 특별한 날에 코스튬플레이를 하는 등 다른 사람보다 더 열정적으로 자신을 표현하는 일을 즐기는 그녀. 아직은 고등학생이기에 학교와 학원을 오가는 날이 대부분인 평상시에는 어느 장소에서나 무난하게 잘 어울리는 베이직한 옷을 즐겨 입는다. 특히 청바지를 좋아해서 무엇을 받쳐 입든 잘 어울리는 청바지를 색깔별로 갖고 있는 편이다. 베이직한 스타일을 연출할 때는 티셔츠나 니트는 장식이 없는 것을 선택한다. 대신 너무 심심하다 싶으면 포인트 컬러 하나만 준다. 그녀가 즐기는 스타일 포인트는 레드 컬러의 반다나.

쌈지에서 열린 낸시 랭 라인 패션쇼 모델 선발 오디션에 참가하려고 구입한 튤립 원피스. 오디션은 낸시 랭 언니처럼 섹시하고 과감하게 입고 갔어야 했는데, 화려한 튤립 패턴에 반해 이 옷을 입고 참가했던 추억이 새록새록하다.

그녀가 좋아하는 초콜릿 색과 조금 휜 다리를 커버해주는 적당한 길이의 부츠. 다시 만날 수 없을 것 같아 약간의 거금을 투자했다고. 앞으로 10년 동안 든든한 동반자가 되어줄 것 같은 예감이 든다고 한다.

빈티지 화이트 크로쉐 샌들. 여름엔 화이트 컬러의 신발이 꼭 필요하다. 드레스에도 청바지에도 잘 어울리는 매우 실용적인 아이템.

그녀만의 특별한 빈티지 아이템

70년대 빈티지 패브릭으로 만든 핸드메이드 리본 브로치 겸 핀.

요즘은 좀처럼 보기 힘든 독특한 디자인의 아메리칸 빈티지 안경.

체크 잇 걸, 강은희

큰 키, 가늘고 긴 팔다리, 작은 얼굴에 반짝이는 큰 눈망울을 가진 뛰어난 미모의 소유자 강은희. 성격도 털털한 그녀는 그야말로 이기적인 인간형. M.NET의 「체크 잇 걸」이라는 프로그램을 통해 거리 캐스팅까지 된 적이 있는 그녀는 길거리에서 정말 한눈에 들어오는 미인이다.

그녀는 베이직하고 심플한 옷을 입을 때는 포인트 아이템을 꼭 첨가한다. 단정한 옷에 컬러풀한 무지개 클러치로 지루함을 없애거나, 채도가 낮은 옷에는 채도가 높은 컬러 스타킹을 매치한다.
빈티지 룩을 연출할 때는 이와 반대로 매칭한다. 왜냐하면 빈티지 의상은 그 하나만으로도 충분히 포인트가 되기 때문에 액세서리나 슈즈 등은 너무 튀지 않는 무난한 것으로 연출해야 스타일의 밸런스가 맞는다고 한다.

그녀만의 특별한 빈티지 아이템

폴라로이드 SX-70 생산이 중단되었기에 그만큼 더 소중해진 SX-70. 초점과 밝기 조절이 가능한 폴라로이드 카메라이다. 새 옷을 입혀서 사용하고 있다.

빈티지 플로랄 원피스
여름내 교복처럼 입고 다니는 가장 편하면서도 스타일 감을 잃지 않는 드레스. 슬리브리스에 플로랄 모양으로 시원하게 아일렛펀칭되어 있어 여름엔 이만한 아이템이 없다고.

80년대 레인보우 클러치백 다양한 컬러와 질감의 가죽을 패치워크한 디자인, 비비드한 컬러가 유행이었던 80년대의 색감이 돋보이는 레인보우 클러치백.

옐로우 도트 드레스
처음에 친구가 샀다가 그녀에게 더 잘 어울린다면서 선물로 주었다는 드레스이다. 그래서 빈티지는 주인이 따로 있다고 하는 것 같다.

보라색 자수 미니 드레스
인도에서 만든 드레스이다. 인도는 화려한 원색을 사용하면서도 파스텔톤과 선명한 원색 사이의 아스라함을 잘 이끌어내는 것 같다. 인도 특유의 색감이 살아 있는 이 옷도 그녀의 애장품 가운데 하나라고 한다. 사실은 패치워크된 나비가 너무나 사랑스러워서 구매했단다.

깜찍한 빈티지 걸, 구슬

온오프라인 매장을 동시에 하려니, 혼자서 하던 피팅모델 일이 버거워지기 시작했다. 그래서 모델 구인공지를 띄웠는데, 그때 가장 먼저 지원한 사람이 바로 '구슬', 그녀. 흔치 않은 이름에 반하고, 친근한 옆집 소녀 같은 미소에 또 한 번 반하게 만든 그녀는 완벽한 로맨틱 빈티지 걸의 이미지를 갖고 있었다. 미술학원 선생님인 그녀는 낮에는 모델 일, 저녁엔 학원 일로 정신없이 바쁘지만 언제나 스마일이다.

미술을 전공해서 그런지 색감이 예쁘면 무조건 끌린다는 그녀. 색을 가만히 들여다보면 색 저마다 나름의 아름다움이 있는 것 같다고. 특히 알록달록한 색깔의, 디테일이 하나하나 살아 있는 귀여운 옷들을 좋아한다.

스타일링을 할 때 먼저 컬러 매치에 신경 쓰는 편이다. 보색으로 매치해서 입거나 안 어울릴 것 같은 색들을 과감하게 섞어본다. 여름엔 컬러가 예쁜 드레스에 라탄 소재의 백과 웨스턴 부츠를 즐겨 매칭한다.

봄가을엔 스키니 진에 알록달록한 색감의 체크 셔츠나 예쁜 블라우스로 연출하고, 겨울에는 아기자기한 수가 놓인 빈티지 니트를 즐겨 입는다.

종아리가 예쁘지 않아 브이 컷으로 재단된 웨스턴 부츠를 신어 착시효과를 주고, 어두운 컬러의 스타킹을 신어 시선을 상체로 집중시킨다. 그러면 전체적으로 슬림해보인다고 귀띔해준다.

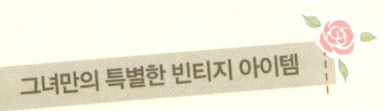

그녀만의 특별한 빈티지 아이템

빈티지 웨스턴 부츠
그녀가 즐겨 입는 로맨틱 드레스나 스키니 진 모두와 잘 어울리는 아주 유용한 아이템이다.

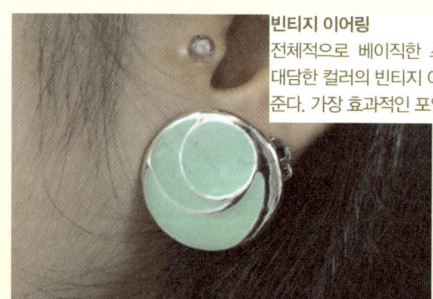

빈티지 이어링
전체적으로 베이직한 스타일링을 한 날은 대담한 컬러의 빈티지 이어링으로 포인트를 준다. 가장 효과적인 포인트 아이템이다.

라탄백
그녀가 정말 아끼는 여름용 아이템 중 하나. 어떠한 옷차림에도 잘 어울려 실용적이고, 적당히 손때가 묻고, 예쁘게 태닝까지 되어 있어서 빈티지 맛이 제대로 난다.

앵두빛 스커트 바랜 듯한 앵두빛 스커트는 이유불문 완소 아이템이라고.

모던 빈티지 룩과 남다른 컬러 감각의 조화, 주은희

미술대학에 재학중인 그녀, 주은희는 헤어 컬러 체인지를 좋아한다. 언제나 새로운 컬러 변신으로 주변 사람들의 기대감을 100% 충족시켜준다. 늘 정갈하게 정리된 고운 색깔의 손톱과 잦은 염색에도 샤이닝 링을 잃지 않는 신비로운 머릿결을 가진 그녀. 컬러풀한 스타킹을 신고 걸어가는 사람이 있으면 그녀가 아닐까 달려가 보게 된다.

그녀는 무난하고 심플한 디자인을 좋아하는데, 대신 색이나 패턴만은 화려한 것을 고른다. 그리고 액세서리로 포인트를 주는 편이다. 특별한 장식이나 디테일 없이 깔끔하게 떨어지는 심플한 원색 드레스에는 어두운 블랙 컬러의 빈티지 백을 매치한다거나, 브라운 컬러의 기본 면 티셔츠에 화려한 플로랄 프린팅 원피스를 레이어드해 포인트를 준다고 한다.

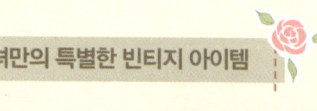

그녀만의 특별한 빈티지 아이템

체크 드레스
그녀가 좋아하는 피콕그린 컬러와 체크 패턴이 있다는 것만으로도 완소품.

은은한 라벤더 컬러의 블라우스
빈티지가 아니면 구할 수 없는 색깔이다.

성별 의견 분분 브로치
착용할 때마다 남자냐 여자냐 논쟁에 휩싸이는 브로치. 게
이일 것이란 의견이 가장 많다고.

빈티지 숄더백
디자인은 무난하지만 강렬한 레드 컬러가 마음에 들어
구입했다는 빈티지 숄더백.

빈티지 구두
오사카 여행 중 구입한 공작새 같은 빈티지
구두.

빈티지 걸의 스모키 아이

그녀의 빈티지가 모던해보이는 데에는 그녀의 스모키 화장법도
한몫한다. 깔끔한 스모키 화장 달인의 머스트 해브 아이템.

1 '메이크업포에버 아쿠아 아이즈' 블랙 앤 블루 펜슬
2 일본 여행 중 구입한 '세잔' 붓펜 아이라이너
3 스모키 화장 후 눈밑 마무리할 때 쓰는 '메이크업포에버 스타
   파우더 947'

심플&모던 빈티지 소울, 케이제이 리

20년된 나의 베스트프랜드 케이제이. 초등학교 때 엄마
가 처녀 시절 입던 벨벳 재킷을 입고 나타나 또래 친구들
을 깜짝 놀라게 했던 그녀는 옷도 잘 입고 공부도 잘하는
인기인이었다. 학창시절 때부터 벼룩시장을 함께 뒤지고
다닌, 취향도 마음도 모두 잘 맞는 소울메이트.

그녀는 베이직한 스타일을 좋아한다. 심플하고 모던한 룩
을 즐기는 편인데, 머리부터 발끝까지 빈티지 룩으로 스
타일링하기 보다는 기본 스타일에 한두 가지 빈티지 아이
템들로 믹스앤매치한다. 가장 중요한 건, 스타일링 후에
는 전신거울을 통해 전체적인 조화를 반드시 체크한다는
사실이다. 빈티지가 안 어울린다는 사람도 있지만, 그건
'빈티지는 튀는 스타일'이라는 고정관념을 갖고 있기 때
문이다. 빈티지 룩은 다양한 스타일과 훌륭하게 공존할
줄 아는 스타일이다. 기존의 스타일에 빈티지 아이템 한
두 가지만 섞어보면 훨씬 생동감 있는 스타일이 완성될
것이라는 게 그녀의 이야기.

블랙 튜브 드레스를 입고 찍은 대학 졸업사진

그녀가 추천하는 개성 넘치고 실험정신 가득한
LA 멜로즈 거리의 빈티지 숍 Three!

웨이스트랜드 Wasteland

새빨간 건물이 인상적인 빈티지 보물창고. 빈티지와 신제품, 리폼 코너를 비롯해 다양한 제품을 구비하고 있는데 그중 빈티지의 비중이 높아 마니아들에게 특히 인기가 많다. 이곳은 구입해서 싫증났거나 안 입는 빈티지 옷들을 다른 옷과 교환하거나 판매할 수 있다. 산타모니카와 샌프란시스코에도 매장이 있다.

아메리칸 빈티지 American Vintage

빈티지 드레스 종류가 다양하다. 일반 빈티지 드레스뿐만 아니라 이브닝 드레스나 파티 드레스, 웨딩 드레스도 취급하고 있으니 드레스 디자인에 관심 있는 사람이라면 사지 않더라도 꼭 들러보자. 숍에서 리폼한 아이템들도 만날 수 있다. 매장 한쪽에 세일 코너가 따로 마련되어 있어, 보물찾기 하듯 저렴하고 질 좋은 물건 고르는 재미가 쏠쏠하다.

슬로 빈티지 Slow Vintage

로미가 미국에 오면 가장 먼저 들르는 그녀의 페이보릿 빈티지 숍. 가격대는 높은 편이지만, 2층 건물 가득 퀄리티가 높고, 이색적인 제품들이 많다. 1층에는 주로 베이비돌 드레스나 컬러풀한 빈티지 드레스와 가방, 벨트 등의 소품이 있고, 2층에서는 빈티지 구두와 부츠를 만날 수 있다. 빈티지 의상을 멋지게 소화한 직원들의 스타일도 볼 만하다. 언제나 세일 코너가 마련되어 있으니, 약간의 흠만 감수하면 오랫동안 잘 입을 수 있는 제품을 무척 저렴한 가격에 데려올 수도 있다.

빈티지 여행가, 김수진

동그란 눈과 생글거리는 해맑은 눈웃음을 가진 수진이는 걸리시한 빈티지 룩을 잘 소화하는 소녀이다. 어울리지 않을 것 같은 아이템끼리도 재미있게 매치하는 걸 보면 그녀의 타고난 감각과 실험정신에 혀를 내두를 정도다. 여러 나라를 여행하며 사진찍기를 즐기는 그녀는 도쿄에서 첫 사진전을 열기도 했다.

그녀가 즐기는 빈티지 스타일링은 드레스 위에 액세서리나 베스트 등의 작은 아이템을 레이어드하는 것이다. 걸리시한 느낌이 좋아 원피스에 플랫슈즈를 매치하는 것을 가장 즐기지만, 가끔 투박한 백팩이나 워커를 매치해 재미를 주기도 한다. 새로운 스타일 아이디어는 대부분 여행에서 얻는 편. 도쿄에 가면 카페에 앉아 지나가는 사람들의 스타일을 사진이나 스케치로 담는다. 그녀에게 유행은 의미가 없다. 유행보다는 내가 입어서 즐겁고, 내가 보기에 좋은 옷을 입는 것, 그것이 최고의 스타일이라 생각한다고.

그녀만의 특별한 빈티지 아이템

그녀의 옷장은 패턴 고운
빈티지 드레스들로 가득하다.

2007년 여름, 런던 앱솔루트 빈티지 숍 (Absolute Vintage)에서 구입한 새빨간 플랫슈즈로 런던 여행 동안 그녀의 발을 책임져준 든든한 녀석이란다.

입을 때마다 크리스마스 기분을 선사하는
그녀의 첫 빈티지 스웨터.

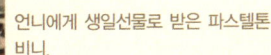

언니에게 생일선물로 받은 파스텔톤
비니.

도쿄와 런던에서 데려온 귀여운 빈티지
토이들.

아름다운 프로 리포터, 정소화

작은 체구에 주먹만한 얼굴, 큰 눈에 시원시원한 이목구비를 가진 정소화. 리포터 경력 8년차의 방송인인 그녀는 사람보다 카메라가 더 편하다고 말하는 천상 방송 체질이다. 이미지 메이킹 강사로도 활동하는 그녀의 머릿속은 그야말로 스타일링 도서관이다. 착착 정리된 스타일링법이 쏟아져나올 때면 시간이 어떻게 가는 줄 모를 정도이다.

사람에게는 누구나 어울리는 색이 있다. "나는 빨강색이 어울리고 파랑색은 어울리지 않아"라는 식의 이야기를 주고받을 것이다. 하지만, 이는 잘못된 이야기이다.

예를 들어 옐로우를 보면, 같은 옐로우라 해도 레몬의 차가운 느낌의 옐로우와 개나리의 따뜻한 느낌의 옐로우가 있다. 퍼스널 컬러에서는 컬러를 따뜻한 느낌과 차가운 느낌으로 나눈다. 따뜻한 느낌은 옐로우 베이스라 하고, 차가운 느낌은 블루 베이스라 한다. 이 옐로우 베이스와 블루 베이스를 청명하고 탁한 정도에 따라 4계절로 나누기도 하는데, 개인적으로 그녀는 따뜻한 느낌의 컬러가 잘 어울리는 편이다.

말 그대로 '봄' 하면 떠오르는 파릇파릇한 자연의 색감을 생각하면 된다. 그녀는 베이직한 하의에 개나리색, 진달래색 등 컬러풀하고 밝은 색상의 블라우스나 니트, 재킷 등을 즐겨 입는다. 검정이나 회색 등 어두운 계열의 옷을 입을 때는 스카프나 머플러, 액세서리 등으로 포인트를 주면 훨씬 더 세련된 연출을 할 수 있다는 것이 그녀의 이야기.

그녀가 추천하는 특별한 빈티지 아이템

빈티지 원피스
단정하면서도 걸리시한 디자인에 반해 구입했다는 그녀의 첫 빈티지 원피스.

레드 포인트 클러치백
빨간색 클러치백은 하나쯤 있으면 스타일링하기에 좋다.

오프 숄더 드레스
쇄골이 예쁘게 드러나는 오프 숄더 드레스와 함께
매치한 길게 늘어뜨린 진주 이어링이 로맨틱하다.

레이스 블라우스
귀여운 아일렛펀칭의 넓은 레이스가 돋보이는 이 블라우스는
잘록한 허리선을 강조해주어서 날씬해보이며, 작은 키도 커
버해준다.

티어드 스커트
걸리시한 체리 프린트에 큼직한 리본이 달린 풍성한 티어드
스커트는 방송용으로도 기분 전환용으로도 그만이라고 한다.

체크 캉캉 스커트
구입을 망설였는데 꿈에 등장해 운명이지 싶
어 바로 구입했다고.

빈티지 걸, 3인 3색

재즈 피아니스트 김아름의 로맨틱 스타일

짙은 그린 컬러의 빈티지 도트 플리츠 스커트와 퍼플 롱 니트 카디건의 컬러매치가 산뜻하다. 카멜 컬러의 빈티지 레더 숄더백과 토오픈 펌프스로 색을 맞추어 소재와 컬러의 통일감을 잘 살려 주었다.

목에 살포시 두른 것은 원래 스커트와 한 쌍인 허리 리본 끈이다. 허리에 둘러주어도 예쁘겠지만 허전한 목에 둘러주면 마치 가는 머플러를 한 듯 멋스럽다. 허리 끈을 목에 두르는 것 같은 발상의 전환은 개성 넘치는 패션을 탄생시킬 수 있다.

132

포토그래퍼 장지원의 시크 스타일

핫핑크 티셔츠. 워싱된 빈티지 진, 그리고 별 모양이 프린트
된 파시미나로 포인트를 주었다. 시크하고 싶은 날엔 매니시
한 블랙 재킷을 선택한다.

장난감 액세서리 디자이너 박진희의 큐티 스타일

머스터드 컬러의 방울 비니와 블랙 라이더 재킷, 그린 플라워 빈티지 미니 드레스에 그린 컬러의 컨버스화를
감각적으로 매치했다.

Romi's vintage Q & A

Q 30대 후반이다. 잡지를 보다 빈티지에 관심이 가기 시작했는데, 10~20대들의 패션으로만 느껴진다. 나처럼 나이가 많은 사람도 빈티지 룩을 잘 소화할 수 있을까?

A 옷이란 나이답게 입는 것이 아니라 나답게 입는 것이다. 나이에 어울리지 않는 옷차림은 없다. 나에게 어울리지 않는 옷일 뿐이다. 도전하고 싶은 마음이 있다면 지금 바로 실천하자! 오늘이 당신 생에서 가장 젊은 날이니까. 빈티지 자체가 오랜 세월을 간직한 패션의 역사인데 입는 사람의 나이가 무슨 상관이겠는가. 나에게 어울리는 빈티지 콘셉트을 잡는다면 가끔 난해하기도 한 최신 트렌드보다 훨씬 소화하기 쉬울 것이다.

Q 빈티지 쇼핑 시 특별히 유의해야 할 점이 있다면?

A 하나, 마음에 쏙 드는 아이템을 발견했다면 절대로 놓치지 마라. 망설이다 다른 사람에게 뺏기게 된다면 당신은 그 아이템을 평생 만날 수 없을 것이다. 잊지 말자. 빈티지는 One of a Kind.

둘, 수선가능 여부를 체크한다. 정말 마음에 드는데 단지 스커트 기장이 길거나, 어깨 품이 넓거나 하는 식이라면 비교적 간단한 수선으로 원하는 사이즈를 만들 수 있으니 걱정하지 말고 구입해도 좋다. 단, 구입하려는 옷의 수선 범위가 너무 넓고 여러 곳이라면 수선비도 만만치 않으니 그만큼 투자할 가치가 있는지 다시 한 번 신중히 생각해본 후 구매하는 것이 좋겠다.

셋, 내가 가지고 있는 아이템들과 잘 매치할 수 있는지 체크해본다. 갖고 있는 구두, 팬츠, 가방 등과 잘 어울리는지 생각해보자. 지금 있는 아이템들과 어울리지 않는다면 사두고 안 입게 될 확률이 크기 때문이다.

넷, 빈티지 아이템의 컨디션 체크! 생산된 지 오래된 제품이고 누군가의 손을 여러 번 거쳤기 때문에 어느 정도의 사용감은 빈티지의 자연스러운 현상으로 받아들여야 한다. 오히려 그 자연스러운 사용감이 빈티지의 가치를 높여줄 때도 있기 때문이다. 하지만 짙고 넓은 얼룩이 눈에 띄는 곳에 자리 잡고 있거나 복원하기 힘들 정도로 찢어진 부위가 있는지, 구할 수 없는 빈티지 특유의 독특한 문양을 가진 단추가 분실되었다면 신중히 생각해보는 것이 좋다.

다섯, 가능한 입어보는 것이 좋다. 옷은 그냥 볼 때와 입어볼 때의 느낌이 굉장히 다르다. 그냥 보기에 예뻤던 옷이 내 체형과 맞지 않을 수 있고, 그냥 그렇다 생각했던 옷도 피팅했을 때 훌륭

하게 어울리는 경우도 많다. 눈으로 보기에 예쁜 옷보다 실제로 입어본 후 내 체형과 잘 맞는지 직접 확인해본다면 후회 없는 빈티지 쇼핑을 할 수 있을 것이다.

Q 빈티지 옷을 구입 했다, 세탁 등의 관리 노하우는?

A 니트나 재킷, 코트 등의 겨울옷 같은 경우는 드라이클리닝이 제일 안전하고 옷을 오래 보존할 수 있는 방법이다. 면이나 시폰, 져지 소재 등의 얇은 옷들은 되도록 손세탁을 권장한다. 짙은 색상의 옷들은 간혹 물빠짐이 생기는 경우가 있어 다른 옷들을 물들일 수 있으니, 반드시 단독 세탁한다. 물빠짐이 있는 옷의 경우, 소금물에 담가두면 물빠짐 현상을 방지할 수 있다.

Styling #5

CHOCOLAT
MENIER

EVITER LES
CONTREFAÇONS

빈티지 걸,
보물선을 타다
Vintage Travel

빈티지 마니아를 위한 축복의 거리
도쿄, 코엔지

도쿄에서 빈티지 쇼핑을 즐기고 싶은 이에게는 '코엔지 高圓寺'가 최고. 사실 하라주쿠나 시모키타자와 등에도 빈티지 숍이 많이 있지만 초행길에 구석구석 숨어 있는 빈티지 숍을 찾기란 결코 쉽지 않다. 하지만 코엔지는 동네 전체가 마치 빈티지 마니아들을 위한 축복의 거리 같다. 마니아라면 남에게 절대 알려주고 싶지 않을 만큼 소중한 빈티지 쇼핑 플레이스이다. 요즘 일본의 젊은 이들이 가장 살고 싶어하는 지역이라고 하는데, 찾아가는 길도 그리 어렵지 않다. 코엔지 역에서 내려 남쪽 출구로 나가 횡단보도를 건너면 골목길이 길게 펼쳐진다. 그곳이 바로 코엔지 팔 쇼핑 거리 Koenji PAL Shopping Street이다.

좌우로 가득 들어선 상점 풍경은 빈티지 마니아가 아닌 사람도 저절로 흥겨워질 정도이다. 빈티지 의류, 빈티지 장난감, 인도풍의 의류, 레코드, 아기자기한 인테리어 소품 등 종류도 다양하다. 그 많은 빈티지 숍을 다 돌아볼 수는 없는 법, 로미의 단골 숍을 몇 군데 소개한다.

그로그 그로그 Grog Grog

로미가 가장 좋아하는 빈티지 쇼핑 숍. 주로 유럽과 미국에서 바잉해온 빈티지 드레스와 소품, 귀여운 스타일의 일본 빈티지 의류들을 취급하는 곳이다. 걸리시한 드레스들과 알록달록 빈티지 백들을 만날 수 있다.

빼곡하게 진열된 빈티지 아이템들로 눈이 쉴 틈이 없다. 왼쪽에 애플 프린트의 깜찍한 빈티지 드레스가 눈에 띈다. 벽면에 일렬로 걸려 있는 모자들도 볼거리.

알록달록한 컬러들이 총집합된 빈티지 슈즈.

핸드메이드 스트로 소재의 빈티지 백들과 인형옷처럼 사랑스러운 빈티지 스커트들. 주로 60년대에 유행했던 스타일로 보기보다 가격대가 높은 편이다.

오너와의 비슷한 취향 탓일까? 이곳에 들를 때면 쇼핑백 한가득 보물을 들고 온다. 얼른 한국으로 데리고가서 새로운 주인님을 찾아줘야지.

141

스몰체인지 SmallChange

두 개 층이 연결된 조금 큰 규모의 빈티지 숍인 이곳은 일본 빈티지 의류들과 유럽과 미국에서 주인장이 직접 바잉해온 아이템들로 가득하다. 1층은 남성들을 위한 멀티 숍이고, 2층으로 이어지는 계단부터는 여성들을 위한 빈티지 아이템이 전시되어 있다.

「섹스 앤 더 시티」의 캐리가 이곳에 오면 펄쩍 뛰며 좋아할 만한 곳이다. 구두가 정말 다양하고 많다. 어디선가 발에 꼭 맞는 구두를 발견하고는 "이건 운명이야!"하고 소리 지르는 캐리의 목소리가 들릴 것만 같다.

대나무로 만들어진 라탄백도 다양하다. 주로 60~70년대에 만들어진 제품으로 가격은 7~12만 원선.

완전 내 스타일이야! 나풀거리며 초원을 달려줘야 할 것만 같은 아메리칸 빈티지 드레스는 6만 5천 원 정도.

펄럭이는 윙 소매와 꽃밭을 그대로 옮겨온 듯한 프린트가 마음에 들어 구입한 빈티지 원피스.

한쪽 벽면에는 클러치백만 따로 모아 삼단 장식장에 진열해두었다.

커스텀 쥬얼리들이 고급스럽게 진열된 엔틱 진열장.

핫핑크 컬러가 고운 가죽 소재 토드백. 가죽의 퀄리티가 정말 뛰어나서 구입한 제품.

상냥한 매장 직원의 레이어드 코디가 사랑스럽다.

진주 칼라 목걸이는 9만 원선.

핫핑크 벨트는 포인트 아이템으로 그만이다. 가죽 소재에다가 컨디션이 좋아 바로 구입.

타토우에이지 바이 줄 Tatouage By Zool

감각적인 인테리어와 다양한 빈티지 상품들을 구비한 여성 전용 빈티지 숍. 특히 프린트가 예쁜 의상들이 굉장히 많다. 매장 한 구석에 상설 세일 코너가 마련되어 있어 저렴한 가격에 빈티지를 만날 수 있다.

버섯 모양의 아이템들이 많았는데, 이곳 주인장의 취향인 것 같다.

운 좋게도 슈즈 세일 타임에 가서 질 좋은 가죽 슈즈들을 저렴한 가격에 데려올 수 있었다.

스커트를 풍성하게 부풀려주는 패치코트들과 레코드판이 프린트된 위트 있는 스커트, 예전에 즐겨 타던 바퀴 네 개 달린 롤러 스케이트, 버섯이 프린트된 수납함과 컬러풀한 도트가 돋보이는 빈티지 박스 백 등 재미있는 의류와 소품들이 많다.

여러 가지 컬러의 가죽들을 패치워크한 빈티지 슈즈와 금빛으로 빛나는 인조 속눈썹.

클라리의 앤티크 컬렉터블 정크 Klarry's Antique & Collectible Junks

빈티지 토이를 좋아하는 사람이라면 반드시 들러야 할 곳이다. 가격대는 1,000원부터 몇십만 원까지 다양하다. 오랜 역사를 지닌 희소가치가 높은 제품일수록 가격대가 높다. 탐나는 아이템들이 굉장히 많기 때문에 지름신을 조심해야 한다.

오랜 시간 천천히 구경해도 눈치주지 않는 주인의 친절하고 속 깊은 마인드도 10점 만점에 10점이다. 세일하는 아이템은 수레에 담아 밖에 내놓고 파는데, 하나씩 고르는 재미가 여간 쏠쏠한 게 아니다. 장난감들이 쇼윈도우 앞에 나란히 서서 '어서오세요'라고 인사하며 반기는 이곳, 절대로 놓치지 말자.

사오지 못해 지금도 계속 눈에 밟히는 깜찍한 농구 골대 모양의 조명.

주인을 애타게 기다리는 빈티지 열쇠들.

진열장 안에 있는 제품들은 모두 고가이다. 이중 귀
여운 할머니를 7만 원에 모셔왔다.

추억의 빈티지 포니들의 가격대는
2~5만 원선.

아기자기한 계산대 위로 스태프 모집공고가 눈에 띈다. 빈티지 장난감 마니아라면
이곳에서 일하는 것도 축복일 듯.

Coppertone

www.coppertone.com

SUNCARE PRODUCTS

We make America fun in the Sun.

Coppertone

Coppertone

이것이 진짜 보물찾기!
신주쿠 센트럴 파크 플리마켓

친한 일본인 친구의 손에 이끌려 2005년 처음 신주쿠의 플리마켓을 구경했다. 그곳은 빈티지에 열광하는 내게 정말 천국 같은 곳이었다. 끝이 보이지 않을 정도로 길게 이어진 좌판 사이사이를 보물찾기하듯 꼼꼼히 살펴보다 보면 머리가 다 어지러울 정도이다.

도쿄에 간다면 반드시 들러보자. 특히 참여자들 대부분이 20대 젊은이들이기 때문에, 예쁘고 개성 있는 아이템들을 많이 만날 수 있다. 일본은 플리마켓이 아주 잘 발달되어 있는 편인데, 특히 이곳은 워낙 접근성이 용이해 20대 젊은이들의 압도적인 지지를 받고 있다. 여러 단체도쿄 리사이클 운동 시민의회, 전 일본 리사이클 협회, 리사이클 운동 시민의회 등에서 참여하며 한 달에 두세 번 정도 열린다. 어떤 단체가 참여하느냐에 따라 규모가 달라지니 일본 리사이클 운동 시민모임 홈페이지www.recycler.org에서 일정을 미리 살펴보는 게 좋다. 우리나라 홍대의 플리마켓처럼 자신의 작품을 들고 나오는 사람들도 있으니, 20대 젊은이들의 예술적인 감각도 덤으로 느껴보자.

플리마켓 100% 즐기는 법

뭐든 제대로 즐기려면, 노동이 필요한 법이다. 최대한 발품을 많이 팔고 꼼꼼하게 눈여겨봐야 한다. 가지런히 정돈되어 있어 차마 펼쳐보기 미안할지라도 구석구석 잘 살펴보자. 물건들 사이에 진짜 나만의 보물이 숨어 있는 경우가 많으니까. 게다가 옷은 펼쳐보지 않으면 진가를 알 수 없다.

또한 마음에 드는 물건이 있으면 바로 구입하자. 물건을 보고 나서의 느낌은 누구나 비슷한 법이다. 빈티지의 특성상 하나밖에 없기 때문에, 웬만한 빈티지 쇼퍼들은 정말 마음에 드는 아이템이 있다면 망설임 없이 구입한다. 하지만 '그냥 괜찮다' 정도의 물건이라면 파장시간까지 기다려보자. 오후가 되면 가격이 점점 내려가서 아주 저렴한 가격에 뜻밖의 횡재를 할 수도 있으니까.

신주쿠 플리마켓 가는 법

JR 신주쿠역 서구에서 도보로 10분 정도의 거리에 위치한 곳으로, 도쿄 도청 안내 화살표를 따라 중앙로를 직진하면 도청 뒤편에 육교가 나온다. 육교만 건너면 플리마켓이 펼쳐진다.

플리마켓 쇼핑 리스트

전체가 통가죽인 브라운 컬러의 큼직한 토드 겸 숄더백은 1,000엔 넘게 주고 샀다 해도 믿을 만한 녀석인데, 파장시간에 구입한 덕에 700엔에 건졌다.

컬러풀한 가죽으로 엮인 멀티 컬러 크로쉐 샌들은 이 마켓에 오기 훨씬 전에 빈티지 숍에서 구입했던 녀석의 작은 버전이다. 같은 디자인을 두 번이나 만나다니, 보통 인연이 아니다 싶어 데려왔다.

이불 위에 넉살 좋게 누워 있는 짱구 인형.

샤방한 머릿결을 자랑하는 핑크 포니 인형.

브라운 옥스퍼드화.

태슬 장식이 달린 아이그너 로퍼.

예술전문출판사 타셴의 아르누보풍 포스터 미니 엽서책.

분홍 퍼프 드레스 소녀가 인상적인 틴 박스.

런던의 젊은 문화가 숨쉬는
브릭레인

런던의 젊은 문화가 숨쉬는 브릭레인Brick Lane. 이곳은 빈티지 숍 밀집 지역으로 유명하다. 일본의 빈티지 문화가 아기자기함을 내포하고 있다면, 런던의 빈티지는 당연하겠지만 정통에 가깝다. 그래서 처음 빈티지를 접하는 사람에게 브릭레인은 너무 낯설거나 별천지 같은 느낌마저 준다. 하지만, 신흥 문화 지구로 떠오른 지 얼마 되지 않은 곳인 만큼 저개발 지역 특유의 낡고 자유로운 분위기가 그대로 남아 있어 빈티지 숍이 여기 아니면 어느 지역과 어울리겠나 싶을 정도로 빈티지 문화가 잘 살아 있으니 꼭 가볼 것을 권한다. 런던 패션 리더들의 사랑을 받는 곳이자, 동시에 우리나라 사람들에게도 잘 어울리는 빈티지 룩 셀렉션이 돋보이는 숍을 소개한다.

앱솔루트 빈티지 Absolute Vintage

이 숍은 활기찬 브릭레인과
평범한 런더너들의 일상이
살아 있는 커머셜 스트리트
Commercial St. 사잇길인
한버리 스트리트Hanbury

St.에 있다. 빈티지와 모던 문화가 묘하게 공존하는 런던의 느낌이
고스란히 전해지는 곳이기도 하다. 영국의 패션 리더들이 손에 꼽
는 대표적인 빈티지 숍으로, 천장까지 이어진 통유리 입구가 매우
인상적으로 다가온다. 영국 스트리트 패션 사진에서 막 튀어나온
듯한 마네킹들을 보는 재미가 쏠쏠하다. 어마어마한 규모를 자랑하
는 앱솔루트 빈티지는 클래식한 구두와 백이 주를 이룬다. 물론 프
린트가 화려한 드레스나 파티복도 발견할 수 있다.

빈티지의 대표적인 아이템인 클러치백들
이 컬러별로 정리되어 있고, 진열장 위의
클래식한 캘리 백들도 눈에 띈다.

과감한 패턴과 디자인의 드레스들도 다양하다.

모던하고 심플한 디자인의 구두들이 즐비하다.

쇼핑 데이트를 즐기는 런던의 커플.

모델 같은 각선미가 눈에 띄는 미인. 스트라이프
티셔츠와 화이트 숏 팬츠가 잘 어울린다.

157

비욘드 레트로 Beyond Retro

기분 좋은 노란 간판, 노란 쇼핑백, 온통 노랗게 칠한 매장이 독특한 비욘드 레트로는 영국에서 가장 큰 규모와 합리적인 가격을 자랑하는 숍이다. 스타일 좋은 사람들 손에는 꼭 노란색 비욘드 레트로 쇼핑백이 들려 있다는 이야기가 있을 정도로 런던 패션 리더들에게 사랑받는 곳이기도 하다. 탤런트 정려원이 한 케이블 방송에서 소개해

한국의 빈티지 마니아들에게도 잘 알려진 이곳은 클래식한 분위기는 물론이고 컬러풀하고 유머러스한 분위기의 아이템들도 모두 만날 수 있다. 규모가 크기도 하지만, 아이템들이 여기저기 흩어져 있어 눈과 손이 매우 바빠지는 곳이다. 이스트 런던과 소호에도 매장이 있다.

가방 코너는 언제나 인기절정이다. 퀄리티 높은 가죽 가방을 저렴한 가격에 만날 수 있으니, 잘 찾아보자. 빈티지 쇼핑은 보물찾기니까.

무표정한 얼굴이 매력적인 비욘드 레트로의 핸섬 가이.

천장에 빅토리안 스타일의 롱 드레스가 눈길을 끈다.

빈티지를 멋스럽게 소화한 비욘드 레트로의 귀염둥이 언니들.

청바지와 매치하면 좋은 컬러풀한 셔츠들.

로킷 Rokit

로킷은 브릭레인, 코벤트 가든, 캄든타운에 있는데, 브릭레인에 있는 매장이 다른 지역보다 훨씬 크고, 캐주얼과 로맨틱, 두 개의 콘셉트 매장으로 나뉘어져 있어 쇼핑하기에 가장 편하다.

로킷은 다른 나라에서 바잉해온 물건을 매장에 내놓기 전에 한 번 손질을 한다. 그래서 다른 빈티지 숍의 물건들에 비해 컨디션이 훨씬 좋아 처음 빈티지를 접하는 사람들이 쇼핑하기에 가장 적합하다. 가격대는 다른 곳보다 살짝 높지만, 감각적인 빈티지 옷들이 많아 패션 잡지 에디터들의 픽업 장소로 사랑받고 있다. 로킷 웹사이트 www.rokit.co.uk에 들어가면 10% 할인 쿠폰을 다운받을 수 있다.

펑키한 캄든타운 매장에 비해 매끈하게 정리된 브릭레인의 로킷

잘 손질된 옷가지들이 가지런히 진열되어 있다.

역시 깔끔하게 정돈된 빈티지 소품들.

빈티지 청바지들을 짧게 리폼해 판매하기도 한다.

영국에서 데려온 아이템들

큼직한 리본이 모던해 데려온 에나멜 플랫 슈즈.

투명하게 들어간 지그재그 패턴이 독특한 핑크빛 펌프스.

레드 컬러가 눈에 띄는 슬러치 부츠.

컬러풀한 신발코가 포인트인 펌프스.

조개모양으로 된 여닫이가 사랑스러운 클러치 겸 숄더백.

로미의 쇼핑 보물창고

온라인 매장

네오 빈티지 www.neovintage.net

미국에 거주하고 있는 숍의 오너가 직접 셀렉팅한 컬러풀한 빈티지 백, 슈즈 등 화려한 제품들이 주를 이루는 쇼핑몰.

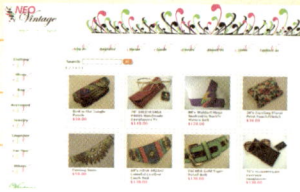

자이크 www.jike.co.kr

자이크는 하나뿐인 수입 빈티지 자전거를 판매하기에 솔드아웃 경쟁이 치열한 편이다. 빈티지 자전거는 매일 밤 소량씩 업데이트된다. 여자들이 타기 좋은 작은 사이즈의 미니벨로도 있으니 클래식한 빈티지 자전거에 흥미가 있다면 꼭 들러보자.

물리시 www.mulish.co.kr

걸리시나 보이시 같은 의미로 '물처럼' 자유롭게 변화할 수 있는 느낌을 표현하고자 지어진 이름. 액세서리 디자이너 박진희의 장난감과 다양한 소재로 제작된 액세서리들을 만날 수 있는 곳이다. 대부분 한 점씩만 만들기 때문에 품절이 빠른 편이다.

재동씨 www.jaedongc.com

시크하고 절제된 느낌의 세련된 빈티지 옷들을 취급한다. 일상생활에서 입기 좋은 실용적이면서도 흔치 않은 감각적인 의상들과 피팅 모델의 몽환적안 분위기가 잘 어우러져 재동씨만의 색깔을 뿜어내고 있다.

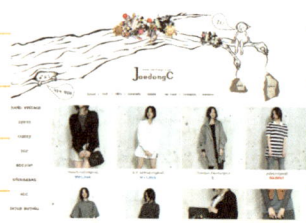

etc...

빈티지파이 www.vintagepie.com
핑크하우스 www.pink9j.com
미스파리501 www.missparis501.com
고져스걸 www.go-girl.co.kr
탐낼탐 www.tamneltam.com
얄구찌 www.yalgucci.co.kr
모스빈티지 www.mossvintage.com
금숙씨 www.geumsukssi.com

오프라인 매장

제이미앤벨 JAMIE & BELL

역사 깊은 유럽풍 빈티지 명품을 엿보고 싶다면
제이미앤벨이다. 압구정에 위치한 제이미앤벨은
프랑스에서 직접 공수해온 퀄리티 높은 빈티지 아
이템들을 취급한다. 감각 넘치는 오너의 리폼 코
너는 제이미앤벨만의 히트 코너. 얼마 전 압구정 1
호점에 이어 2호점을 오픈했다. 2호점 '제이미앤
벨 갤러리'는 빈티지 안경, 쥬얼리, 시계 전문 셀
렉트 숍이다. 빈티지를 재현한 상품과 빈티지 롤
렉스, 쥬얼리 등을 전시한 '제이비앤벨 뮤지엄'
코너가 흥미롭다.

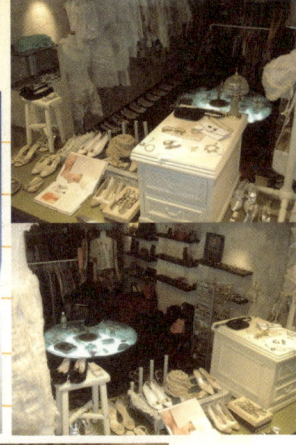

영업시간 월~목 PM 2:00~10:00, 금~일 PM 12:00~11:00
위치 1호점 압구정 로데오 거리 하겐다즈 골목 부근
2호점 압구정 로데오 거리 리바이스 매장 옆
문의 010-3787-7834

사장님이 직접 제작한 근사한 보우타이.

빈티지쥬홀릭 Vintage Jew Holic

커스텀 쥬얼리를 전문적으로 취급하는 곳으로 미국에서 직접 공수해온다고 한다.

빈티지 이어링, 네크리스, 브라켓, 링, 시계, 기타 소
품 등과 함께 빈티지쥬홀릭만의 테마가 있는 커스
텀 쥬얼리를 선보이고 있다. 신사동 가로수길에 쇼
룸을 오픈하면서 커스텀 쥬얼리 마니아들에게 직접
착용할 수 있는 전시회를 열기도 했다. 단출한 옷차
림에 근사한 변화를 주고 싶다면 이곳을 추천한다.

영업시간 월~토 PM 1:00~PM 10:00 (일요일 휴무)
위치 신사동 가로수길 세븐일레븐 골목을 끼고
100M 직진 후 GS25 오른편 언덕
문의 02-548-0991 www.jewholic.com

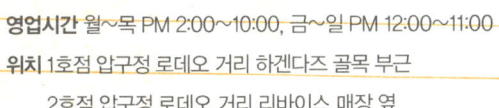

바바리아 Bavaria

이태원의 가구 거리는 알 만한 사람은 누구나 다 아는 앤티크 소품과 가구의 명소이다. 특히 이태원 가구 거리는 한국 거주 외국인들이 귀국할 때, 사용하던 물건을 이곳에서 되팔면서 시작되었기 때문에 독특한 볼거리로 가득하다.

바바리아는 3층 개인 주택을 개조한 곳으로 이태원 앤티크 소품 숍 가운데 가장 크고 그만큼 볼거리도 많다. 특히 앞마당부터 시작되는 칠이 벗겨진 화병, 시계, 빈티지 냉장고, 세월의 흔적이 멋스럽게 묻어나는 독일에서 들여온 정크 소품 등의 앤티크 향연은 송두리째 마음을 빼앗아버린다.

영업시간 AM 10:00~PM 05:00

위치 이태원 해밀턴 호텔 맞은편 청화 아파트 삼거리에서 우측으로 200M 전방

문의 02-793-9032

백년전

사장님이 독일에서 직접 공수해온 다양한 제품들로 가득 찬 이곳. 숍 이름에서부터 세월의 역사가 묻어나오는 듯하다. 백년전은 소장 규모면에서 다른 앤티크 가구점들과 비교가 불가할 정도로 독보적이다. 넓은 공간에 진열된 다양한 앤티크 가구와 샹들리에, 빈티지 소품들은 마치 유럽 귀족의 집에 방문한 듯한 착각을 불러일으킬 정도로 근사하다. 영화나 연예인 화보 촬영 등에도 백년전의 소품과 가구들이 많이 쓰인다.

영업시간 AM 10:00~PM 05:00

위치 바바리아 옆 건물

문의 02-797-7807

"딩동 딩동" "딩동 딩동"

작업실에 앉아 있으면 쉴 새 없이 우체국 아저씨와 택배 아저씨가 오십니다. 머나먼 미국과 유럽, 일본에서 보내온 나의 하나뿐인 보물들을 한아름 안고 말이죠.

"여긴 하루가 멀다하고 무거운 물건만 계속 오네?"

아저씨는 5층까지 올라오기 힘들다고 툴툴대십니다.

그럴 때마다 저는 아저씨에게 시원한 음료수 한 잔을 건네며 잘 좀 봐달라고 애교를 부리지요. 저의 보물을 작업실까지 데려와주시니 제 입장에서는 이 아저씨들에게 잘 보여야 할 수밖에 없거든요.

아저씨 손에서 저의 손으로 전해진 보물들이 들어 있는 박스. 아저씨가 나가기 무섭게 잔뜩 기대에 차서 박스를 황급히 뜯습니다. '두근두근, 두근두근'

박스를 뜯는 순간, 방안을 가득 채우는 케케묵은 먼지들과 빈티지 특유의 익숙한 냄새…….

이 냄새를 맡으면 비로소 몇 날 며칠을 기다리고 기다린 나의 보물들과의 만남이 시작되었음을 느낍니다.

"너는 어디서 태어나 어느 곳에서 누구와 살다가 여기 한국에 있는 나에게 오게 되었니?"

오랜 여행으로 지쳐 있는 그 녀석들을 한 줄로 길게 세워두고 하나씩 인사를 건넵니다. 그리고 능숙한 솜씨로 찢어진 곳은 꿰매고 더러운 곳은 닦아내고 떨어진 곳이 있으면 붙이고…….

이런 일을 매일 같이 하다 보니, 이제는 조금 망가졌거나 뜯어져서 폐기처분된 옷이나 물건들을 다시 사용할 수 있는 물건으로 만드는 것쯤은 일도 아니게 되었습니다. 한때 국내에서 선풍적인 인기를 끌었던 미국 드라마의 주인공, 맨손의 마법사 '맥가이버' 처럼 말이죠.

'원래 맥가이버 같은 소질이 있었나?'

아니요, 절대 아니예요. 빈티지를 알게 되면서 계발된 소질이라면 소질인 거죠.

빈티지가 저에게 가져다준 건 이쁨만이 아닙니다. 빈티지는 저에게 정말 많은 변화를 불러일으켰어요. 빈티지를 통해 작고 작은 소소한 것들이 주는 행복을 배웠고, 아주 작은 물건도 소중하게 생각할 줄 알게 되었습니다.

또 어떤 어려움과 역경이 있다 해도 사람은 자신이 정말 좋아하는 일을 할 때 가장 빛난다는 사실도 깨달았습니다. 원래 저는 어린 시절부터 피부가 유난히도 약해서 온갖 알레르기는 다 달고 다니는 피부과 VIP 환자였거든요. 그런 제가 먼지가 많이 나는 빈티지 숍을 운영한다는 건 위험천만한 일이 아닐 수 없지요. 그런데 말이에요. 정말 신기하게도 빈티지 숍을 하면서는 피부 트러블이 사라졌답니다. 아마도 빈티지를 찾고, 알아가고, 때에 따라서 새로운 주인을 찾아주는 일에 삶의 가치를 느끼고, 큰 기쁨을 누리기 때문이 아닌가 생각해봅니다.

꿈을 꿔봅니다
저의 꿈인 로맨틱 할머니가 되는 그날까지 빈티지 속에 풍덩 빠져 살아보려 합니다.

때로는 이런 상상을 해봅니다
나의 귀여운 딸이, 또는 손녀가 내가 지금 즐겨 입는 옷이나 소품들을 예쁘게 입은 모습을 말이죠.

가슴이 설레이기도 합니다

그때까지 내가 얼마나 많은 빈티지 아이들에게 새로운 주인님을 찾아줄 수 있을까요?
생각만 해도 가슴이 설레입니다.

처음 책을 내보자는 과분한 제안을 받고 걱정 반 설렘 반으로 원고 작업을 시작하고
이 글을 쓰는 지금까지…… 1년. 글을 쓰고, 빈티지 물건을 구하러 출장을 다녀오고,
온·오프라인 숍을 운영하는 등 지난 1년은 그동안의 인생 중에서도 가장 바쁘고, 중
요한 한 해였던 거 같습니다. 그중에서도 가장 의미 있는 일은 나의 젊은 시절의 한 부
분을 책에 담을 수 있었던 일인 것 같습니다.
지금까지 부족한 제 이야기를 들어주신 한 분 한 분 소중한 독자들과, 책이 마무리될
때까지 도움을 주신 모든 분들께 진심을 다해 감사드립니다.

Romi's
Special Closet

로미의
리폼 노하우

로미의 초간단 리폼 노하우

나의 빈티지 숍은 옛날 옷을 있는 그대로 판매하기보다 손이 많이 가더라도
요즘 사람들의 취향에 맞게 리폼하는 것을 원칙으로 한다. 우리 어머니들의 젊은 시절에는
어깨를 넓게 강조하고, 허리는 잘록하게 잡아주는 여성적인 선을 중요하게 여겼다.
스커트나 원피스도 짧은 기장보다는 대부분 발목까지 길게 내려오는 게 많다.
그래서 나의 리폼 작업의 대부분은 어깨를 줄이거나 스커트 기장을 과감하게 자르는 것.
그러다 보니 본의 아니게 작업방은 자투리 천들로 가득하다. 이 자투리 천들,
그냥 버려야 하나? 하나밖에 없는 빈티지에서 나온 하나밖에 없는 천들이라
그냥 버리는 건 바보 같은 짓이다. 그래서 고민 끝에 생각한 것이
새로운 아이템으로의 재창조. 로미의 자투리 천을 이용한 리폼 노하우를 소개한다.

리본과 셔링으로 지루한 카디건을 로맨틱하게

1 네모난 천의 테두리를 올만 풀리지 않게 접어서 일
   자로 박음질한다(아니면, 박음질 없이 있는 그대로
   사용해 올이 풀리는 멋을 즐겨도 좋다).
2 셔링이 풍성한 리본을 만들고 싶다면 원단을 넉넉
   히 사용하고 간격을 짧게 촘촘히 잡는다.
· 일반적인 모양의 리본을 만들 때는 1회~3회 정도
  일정한 간격을 주어 주름을 잡는다.
· 빳빳한 천은 면 주름을 적게 잡아도 형태가 고정되
  어 예쁘다.
· 천이 얇고 힘이 없는 경우는 주름을 많이 잡아 풍성
  하게 만들어주는 것이 좋다.
3 리본을 여러 개 만들어 카디건 여기저기 입체적인
   패턴으로 넣어도 좋고, 리본 뒤에 브로치 핀을 붙여
   포인트 아이템으로 활용해도 좋다.
4 카디건 밑단을 셔링 잡은 자투리 천을 빙 둘러 박음
   질하면, 나만의 빈티지풍 카디건이 완성된다.

안 쓰는 물건의 재발견

중학교 시절 미니 가방까지 풀세트인 비키니를 산 적이 있다.
비키니는 어디론가 사라지고 용케 가방만 남았는데, 마침 엄마
가 니트에 붙은 뜨게 꽃이 거추장스럽다며 떼어버리신 걸 가방
에 붙여 재활용했다.

문제는 끌어안지 말고 풀어버리자

나의 치부는 팔뚝이다. 알면서도 짧은 소맷부리에 타이트하게 셔링이 들어간 빨간 도트 원피스를 샀고, 결국 오랫동안 입지 않
았다. 그러다 고무줄을 풀어버리면 어떨까 싶어 빼냈더니, 팔도 편하고 피팅도 훨씬 근사해졌다. 귀여운 원피스의 본래 느낌은
밑단에 레이스를 덧대어 살렸다.

원 플러스 원

기장이 너무 긴 원피스는 밑단을 잘라, 세트 가방을 만들 수
도 있다. 빈티지 의류의 패턴은 과감한 것들이 많아 손가방
으로 활용하기에 좋다.

Reform
Know-how
001

오래된 멜빵 팬츠로 만드는 큐티 멜빵 스커트

01 싫증났거나 유행이 지나 부득이 장롱 속에 넣어두었던 멜빵 팬츠를 준비한다.

02 팬츠 부분을 잘라내 통원피스로 만든다.

03 자른 부분은 박음질하지 말고, 손으로 살살 실을 뽑아내 자연스럽게 빈티지 느낌을 살린다. 이때 세탁기에 한 번 돌리면 효과가 더 좋다.

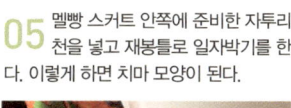
05 멜빵 스커트 안쪽에 준비한 자투리 천을 넣고 재봉틀로 일자박기를 한다. 이렇게 하면 치마 모양이 된다.

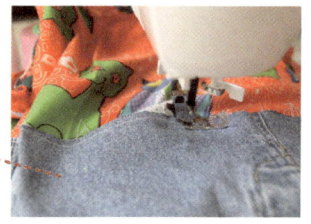

04 자투리 천(면 커튼 등)을 준비한다. 준비된 천이 없다면 천을 전문적으로 판매하는 온라인 숍을 이용하면 종류도 다양할 뿐만 아니라 가격도 저렴한 것을 구입할 수 있다.

06 치마의 끝단은 같은 천으로 주름을 잡아 박거나 레이스를 달아준다.

07 아주 간단하게 세상에 단 하나뿐인 귀여운 멜빵 스커트 완성!!

기쁨 두 배 빈티지 롱 드레스

01 서양인 체형에 맞게 나온 이 드레스는 우리나라 여성들에게는 지나치게 긴 기장이라 소화하기 쉽지 않다. 디자인은 마음에 드는데 단지 기장의 문제라면 리폼에 도전해보자.

02 일반적으로 드레스의 총 기장은 88~90cm정도면 무난하다. 드레스로 사용할 기장 88cm에서 시접으로 들어갈 3cm 정도의 여유를 두고 재단한다.

03 재단 후 알맞은 기장의 원피스와 또 다른 스커트를 만들기에 충분한 천이 생긴다. 드레스 끝단은 집에 재봉틀이 있다면 올이 풀리지 않도록 박아준다. 솜씨가 없다면 가까운 세탁소나 수선집에 맡기자. 5천 원 정도면 깔끔하고 튼튼하게 박아준다.

04 나머지 여분의 천은 허리 부분에 고무 밴드를 놓고 천을 감싸 박아준다. 이렇게 하면 무릎 길이의 예쁜 도트 드레스와 도트 스커트 두 개의 옷이 완성된다.

밋밋한 원피스를 로맨틱하게

01 머스터드 컬러의 단정한 원피스다. 디자인도 단순한데다 별다른 장식이 없어서 밋밋한 느낌을 준다.

02 드레스와 같은 면 소재의 레이스를 준비한다. 머스터드 컬러와 어울리는 연한 크림 컬러의 레이스를 준비했다. 레이스 천은 인터넷 포털 사이트에서 '레이스 천'을 치면 저렴하게 판매하는 전문 쇼핑몰을 쉽게 찾을 수 있다.

03 레이스 천을 소매 안쪽으로 넣고 간단한 일자 박음질을 한다.

04 한 바퀴 빙그르르 돌려 박으면 초간단 로맨틱 드레스 완성.

2% 부족한 새틴 드레스를 화려하게

01 어딘가 2% 부족해보이는 느낌을 주는 새틴 드레스이다. 반짝이는 소재이니 여기에 화려한 요소를 더해보자.

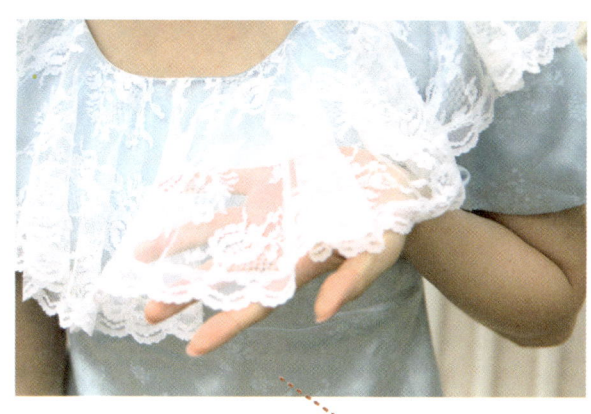

02
폭이 넓은 레이스를 준비한다.

03
네크라인 안쪽으로 레이스를 넣고 라인을 따라 쭉 박아주면 화려한 새틴 드레스 완성.

Reform
Know-how
005

클래식한 라탄백에 유머러스함을

01 60년대풍 라탄백은 클래식함이 매력이긴 하지만 잘 못하면 촌스러워 보인다. 여기에 유머를 추가해보자.

02 과일 모형과 조화, 비스켓 모형 등과 글루건을 준비한다. 남대문 시장 꽃 도매상가에 가면 손쉽게 구할 수 있다.

03 글루건으로 붙이기 전에 미리 여기저기 대보고 어떤 배치가 좋을지 구성해본다.

04 붙일 곳을 결정했다면 글루건으로 단단히 고정시킨다(글루건에 손을 데일 수도 있으니 조심해야 한다)! 충분한 양을 사용해야 단단히 고정된다. 붙이고 난 후에는 살짝 눌러주고 굳을 때까지 기다린다.

크림 컬러의 베이직한 샌들에 컬러감을

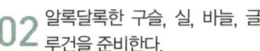
02 알록달록한 구슬, 실, 바늘, 글루건을 준비한다.

01 평범한 샌들을 조금 더 톡톡 튀는 여름 아이템으로 바꾸고 싶다면.

03 똑같은 컬러로 해도 예쁘겠지만 톡톡 튀는 아이템으로 만들기 위해 서로 다른 컬러의 구슬 두 개를 준비했다.

04 구슬은 구멍이 있는 것으로 구매한다.

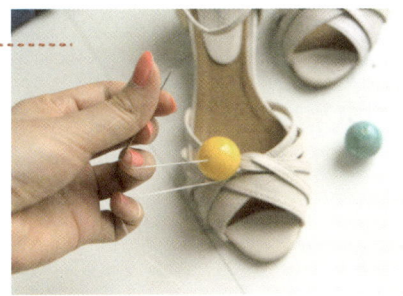

05 구슬에 실을 꿰고 장식하고 싶은 위치에 올린다. 실을 여러 번 감아 고정시킨다.

07 실로 고정해도 충분하지만 조금 더 단단하게 고정시키기 위해 글루건을 소량 사용한다.

08 톡톡 튀는 알사탕 샌들 완성!

평범한 면 티셔츠가 대담한 스커트로

01 싫증나서 손이 잘 가지 않는 평범한 티셔츠를 스커트로 바꿔보자!

02 자투리 천을 준비한다. 나는 10년 전 호주 유학 당시 구입했던 베개 커버를 준비했다. 호피 무늬를 좋아했을 당시 구입한 것으로 이불장에서 오랫동안 쉬고 있었다.

03 티셔츠를 살짝 언밸런스하게 자른 뒤 올이 풀어지지 않게 테두리를 박음질한다.

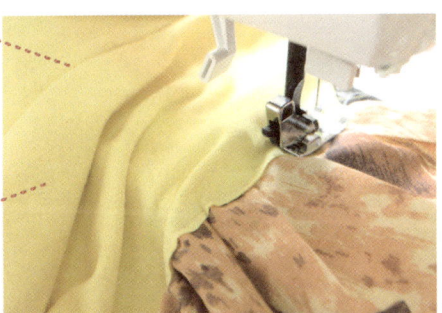

04 자투리 천을 티셔츠 안에 넣고 언밸런스한 라인을 따라 그대로 박아준다. 천이 여유가 있다면 조금씩 셔링을 넣어줘도 좋다.

베이직 스타일 펌프스에 위트를

01 아무 장식이 없는 베이직한 펌프스에 위트를
불어넣어 보자.

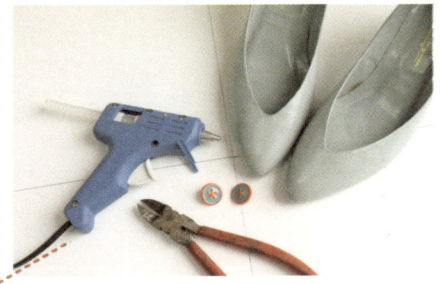

02 글루건, 단추 그리고 니퍼를 준비한다.

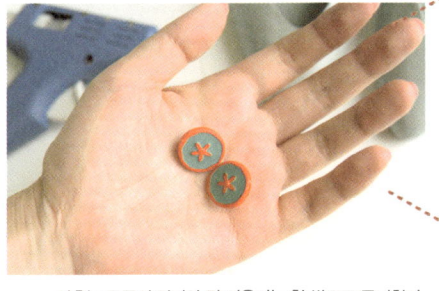

03 단추는 구두의 컬러와 잘 어울리는 한 쌍으로 준비한다.

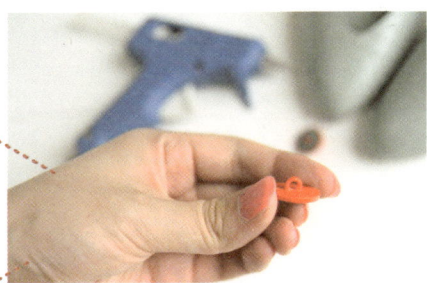

04 구멍이 없는 단추는 뒷면에 튀어나온 고리를 니퍼로
제거해야 구두에 붙일 수 있다.

05 단추의 고리를 니퍼로 제거한다. 표면이 깔끔하게 되지
않았다면 사포로 문질러 표면을 매끄럽게 다듬는다.

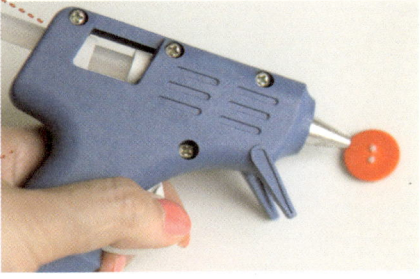

06 뒷면에 글루건 적당량을 쏘아준 뒤 구두 앞코에 붙이
면 끝!

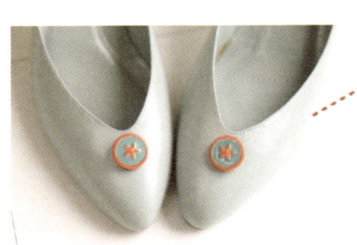

평범한 5부 팬츠에 귀여운 패치워크를

01 베이지 컬러의 5부 팬츠. 너무 평범해서 손이 잘 안 가는 녀석.

02 플라워 패턴이 화사한 자투리 천을 준비한다.

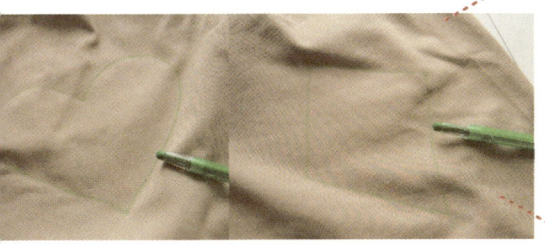

03 팬츠 중앙에 원하는 모양을 그려넣는다. 양쪽 다 같은 모양으로 해도 좋으나 다른 모양으로 하는 게 더 재미있다.

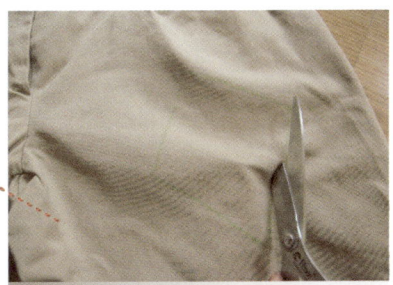

04 그려진 모양을 따라 가위로 조심스럽게 잘라낸다.

05 하트와 다이아몬드 안으로 자투리 천을 넣고 올이 풀어지지 않게 테두리를 박음질한다.

06 평범한 팬츠가 귀여운 패치워크 팬츠로 변신했다.

평범한 스트로햇에 화사함을

01 자칫하면 촌스러워보일 수 있는 스트로햇. 화사
한 꽃을 달아주면 얘기는 또 달라진다.

02 쉽게 구할 수 있는 조화에서 꽃송이만 뽑아낸다.

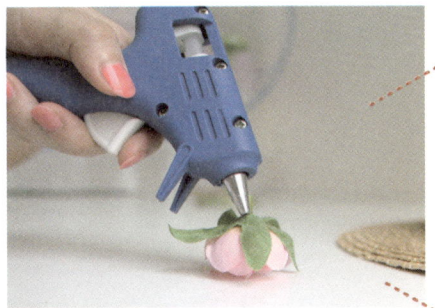

03 글루건으로 모자에 붙여주면 끝!

04 장식할 꽃의 컬러가 다양해도 좋다. 단, 채도는 비슷
하게 맞춰 줄 것. 더 화려하길 원한다면 꽃으로 한바
퀴 돌려주어도 좋다.

빈티지
스트리트 패션

Romi's Gift

이 책을 들고 로미와 매장을 찾아가보세요.
10% 할인된 가격에 빈티지를 만날 수 있습니다.

빈티지 스타일리스트 로미의
특별한 옷장

ⓒ이유미 2009

초판 1쇄 인쇄 2009년 7월 21일
초판 1쇄 발행 2009년 7월 30일

지은이 | 이유미
펴낸이 | 정민영
기획 | 고미영, 주상아
책임편집 | 고미영, 여지영
사진 | 장지원
디자인 | All Design Group
마케팅 | 이숙재, 우영희

펴낸곳 | (주)아트북스
출판등록 | 2001년 5월18일 제406-2003-057호
브랜드 | 앨리스
주소 | 413-756 경기도 파주시 교하읍 문발리 파주출판도시 513-8
전화 | 031-955-8888 관리부 031-955-2642 편집부
팩스 | 031-955-8855
전자우편 | alicesalon@naver.com

ISBN 978-89-6196-037-3 03810

앨리스 는 (주)아트북스 출판 브랜드입니다.